**百年中国记忆**
**系列丛书**

总策划、主编
刘未鸣

副主编
唐柳成　张剑荆　段　敏

# 收拾旧河山

## 彭雪枫散文书信选

彭雪枫 著

百年中国记忆·先烈经典文丛

中国文史出版社

**图书在版编目（CIP）数据**

收拾旧河山：彭雪枫散文书信选 / 彭雪枫著 . -- 北京：中国文史出版社，2020.11

（百年中国记忆 . 先烈经典文丛）

ISBN 978-7-5205-2463-6

Ⅰ . ① 收… Ⅱ . ① 彭… Ⅲ . ① 散文集—中国—现代 ② 书信集—中国—现代 Ⅳ . ① I216.2

中国版本图书馆 CIP 数据核字（2020）第 211798 号

责任编辑：秦千里

出版发行：中国文史出版社
社　　址：北京市海淀区西八里庄路 69 号院　邮编：100142
电　　话：010-81136606　81136602　81136603（发行部）
传　　真：010-81136655
印　　装：北京朝阳印刷厂有限责任公司
经　　销：全国新华书店
开　　本：16 开
印　　张：15
字　　数：186 千字
版　　次：2021 年 1 月北京第 1 版
印　　次：2021 年 1 月第 1 次印刷
定　　价：48.00 元

# 编者说明

彭雪枫（1907—1944），河南镇平人，原名修道。中国工农红军和新四军高级指挥员，无产阶级军事家。少时家贫，14 岁到天津、北京求学。1922 年入西北军第十六混成旅官佐子弟学校。1926 年加入中国共产党。1927 年 10 月，参与南苑暴动。1930 年 5 月，彭雪枫被派到苏区，参加过中央苏区历次反“围剿”，并在第五次反“围剿”的八角亭战斗中负伤；长征后，在攻克娄山关、遵义城等战斗中担负主攻任务，参加了直罗镇战役和东征战役。1936 年 9 月后，与张学良、杨虎城、阎锡山等人联络，开展统战工作。1938 年 2 月调任八路军总部参谋处长兼中共河南省委军事部长，在确山县训练抗日武装。同年 9 月任新四军游击支队司令员兼政委，率部开辟豫皖苏抗日根据地。1940 年，任八路军第四纵队司令员，指挥板桥集战斗，击落日军飞机一架。“皖南事变”后，任新四军第四师师长。1942 年 10 月，兼任淮北军区司令员。同年冬，击退日军对淮北地区的扫荡。1943 年在山子头战役中，彭雪枫全歼进攻的“顽军”，俘虏鲁苏战区副总司令韩德勤。此外，他还创办《拂晓报》和拂晓剧团，并组建了新四军唯一的骑兵团。1944 年，彭雪枫奉命西征，9 月 11 日，于河南夏邑八里庄被流弹击中阵亡。1945 年 2 月 7 日，毛泽东为彭雪枫写下了他一生所撰对联中最长的一副：

“二十年艰难事业，即将彻底完成，忍看功绩辉煌，英名永在，一世忠贞，是共产党人好榜样；

千万里破碎河山，正待从头收拾，孰料血花飞溅，为国牺牲，满腔悲愤，为中华民族悼英雄。”

本书收录了彭雪枫有代表性的散文、书信和日记，尤以彭雪枫给妻子林颖的 80 多封家书引人瞩目。这些家书谈爱情、谈生活、谈工作、谈读书，归根结底，谈的都是一个革命者思想意识的自我修养，从中不仅可以一窥共产党员的浪漫情怀和对美好感情的向往，而且还反映了革命者骨子里面对革命的忠诚，正如彭雪枫所言：“我们忠诚坦白之对于爱，一如我们忠诚坦白之对于党。”另外，其日记显示，彭雪枫博览群书，这在烽火连天的时代殊为不易，真可谓“文武兼备，一代英才”。

# 目　录

## 散　文



## 家　书



## 书　信

## 日　记

# 散 文

# 塞上琐记

## 一、首次出塞

一九二六年的三月里，我们乘着全国空气正在沸腾之际，得暇能和多位以游历为生命的朋友们出彼塞上，瞻望那历史上大负盛名，在中国可称为“特别区”的塞上了。去时的奇特的心理，回时的艰阻的道途；数月之内，被困在那里，获得些极丰富的恐怖和极滑稽的委屈；到现在就只剩下极甜蜜的回忆，那刻镂在脑板上永远刮剥不下的悠美的回忆！

去年又被波浪打到北京，翻来滚去只感到枯寂。《语丝》跑了，《现代评论》跑了；这个停了，那个禁了；几种泊来的或运来的月刊周刊之类，常常“一曝十寒”不按着日子到来。朋友们有的受罪去了，有的享福去了；总而言之，能够看看，能够谈谈的则如若晨星。飘去浮来，驰骋九城，就只有寂寞，一个人踟蹰於沙漠般的寂寞！于是就强要热闹；那末，看戏，看戏！

迷迷糊糊的前门道上来了，“哪个园子呢？”还是上爱而所极赞成的“广和楼”吧。刚进门就是锣鼓喧天，赶紧塞上耳朵，让两眼去单独负责。红脸黑脸混战了之后，看戏单下出印的是“昭君出塞”。家伙却幽雅得多，不像以前的“喧天”了，连忙又把棉花掏出来，请两只耳朵享福。

毛延寿出来了，那脸儿就象征着一个毛延寿之类人的模样。这是我们特别国情的特别心裁，也就是忠奸有别的深意。要真较量起来，那毛延寿只怕也是个很漂亮的人儿吧？证据就是他是位会画像的“艺术家”。其次是“昭君娘娘”出来了，前护后拥。再次是离别祖国，上马出塞；哭，唱，弹琵琶。我一面看，一面听，又一面在想：一个弱女子竟迫伊离开父母之邦去同番人过活；又碰到些举止异样言语不同的番邦官吏，蠢笨之相可掬，又哪能体贴温存这位似玉如花的病人呢？

接着那孤零零的“昭君坟”摆在目前，几通高矮不齐的石碑陪伴伊，连一棵树苗也不曾有。寒风呼呼地刺得两耳清疼。但一霎时又换了舞台上的这位昭君在那里哭啼了。电影似的在眼前幻变。一丝一缕的哀愁袭击着这苦寂的心，逼压着让把塞上数月的游历经过重演一番。

于是我决心要将我随时所作之塞外游记，整理一下。在北京也曾把些杂乱无章的感慨发表一些；大半是：咏这呀，咏那呀，之类，毫无系统之可说。

今年又被波浪打到天津来了。客居无聊，又是感到苦寂；忽而技痒起来，便弄点儿叫人看了不舒服的玩艺儿。近来又觉得害怕；少玩，简直不玩了。终而又想起我的藏在箱子里的旧稿；翻出来改削一下。供诸读者之前，以备那不曾到过绥远的先生们也明白明白那地方情形的“一斑”。

## 二、京绥道上

西直门登车，费尽了平生之力撞进了二等客座里。这里所谓“二等”是指京绥铁路本家而言。这里的二等，大抵京汉、京奉的三等车比它还强。反正京绥比其他铁路总是低一级的。然而青龙桥的头号机关车却大得出众。本来京绥路交通无阻的时节，一天一夜的时间准要到的；然而我们却费了五天之久。不是机关车被兵夺去，就是前面兵车拥挤；我们这无枪阶级的老百姓们，只有等着，等着。好容易车到南口了，一打听前面简直不能通车。失望之中下车了，大家跑到旷野之外去远眺南口的高山；脚下走的石子儿的地挖遍了壕堑，蜿蜒盘曲，有如蜘蛛之网。我心中蓦地闪到未来的悲哀。“可怜无定河边骨，犹是春闺梦里人！”那时候就轰传国民军退守南口。这壕堑是早先预备好的。我们也颇悔此来游之孟浪而且多余了。

将晚，奉到珍奇的佳音，说车将开行了。短短的一列车被两个大的机关车一拽一拽地蠕蠕而动了。太阳的金光躲在屏风后面微笑；伊为我在挥著伊的手巾，而且还摇动身躯——目送着。

将进居庸关之先，车行得非常之慢；快近黄昏之后，我们尽力地放大眼光，只见远山葱茏，夹杂着点点的桃花。这真是“远山桃花点点红”了。穿过那几门山洞，令人出不了气；刚一出洞，大家都是长呼一口又长吸一口新鲜空气；由蒸笼里揭出的馒首似的。

三月三十一日晨车到张家口，晚上又开车西行。半明半晦的月光娘娘代替了太阳“缪斯”来执掌太空。甫出张家口所走的一节道路多半一边是峭壁似的高山，一边是绅带般的河流。忽暗忽明的月光洒在水里，破碎的银子似的，撵着我向前一块儿跑。车走慢时河流的刷刷之声与火车的轧轧之声相和。我站在车门之外，昂首看看险恶的峭壁，我害怕它；俯首看看温和的河流，以及随流追着我们的月光，那柔顺而妩媚的月光！我怜伊，爱伊，不忍离伊！知趣的春风，吹得我的鬓发飘扬，心旷神怡，神经爽然。这时的我呀，爱怜世上的一切，同时也忘掉世上的一切！

翌日，——四月一日——经过“平地泉”，平地泉的冷醋；经过“卓资山”，卓资山的“烧鸡”。下午三点钟吧，安抵绥远车站了。五日来旅行的困惫，我毫不觉得；我倒要急速观察一下这多日所期望的目的地。

我素来就有一种小孩子们的偏见：以为一个生地方，就与一切的熟地方不同；至少也要有几样不同之点的。然而绥远的车站就并不与他处异样；我可怜的，只是偌大一条京绥线的车站只是张家口和西直门有“天桥”；绥远竟会也没有。我并不以为奇特，只是叹气罢了！

车站的迎面，是绥远有名的“大青山”。我们大家远望，青的山尖，红的山腰，白的山脚，经太阳一照分外清楚可鉴。这个说约有二十里，那个说准有三十里；一问土人说，一百。我就有点儿不相信！

杂乱一阵，我们撇下了运我们来的火车进“新城”了；一路上东张西望，眼看个饱。夜间做了好些仍在关内时的美梦。

## 三、新城与旧城

第二天一觉醒来，日已登高竿了。打眼一看，衣服被窝俱已变为灰黄之色。用手拍掉，尘土飞扬；才悟出睡觉时大开窗户之不适用於绥远了。下午都说洗澡去。趁着大风正紧，向旧城进发；大风中羼掺些马粪、驴粪、人粪；黑土、黄土拌成股儿塞满了眼耳口鼻。拿手帕也堵不胜堵，令人讨厌得很！绥远的风，风中的资料，正可以与北京相颉颃，相伯仲了。出了新城的西门，一条马路即可到旧城了。马路两旁的杨柳，点缀得非常新鲜。寻觅桃花，并不多见；偶尔见到，尚在含苞未放。春神的降临绥远，比较迟迟在后了。

绥远共有两座城——新城与旧城。新城比较建筑得整齐些。都统署在鼓楼西壁；审判处在南门大街，距鼓楼不远。论起生意，只是靠近鼓楼有几家洋货铺、点心铺、小饭馆子而已。另外还有一个邮政局，房子盖的体面些，近於洋式了。

公园邻近东城墙根，并不大；修整布置也颇为美观。五条腿的牛、三只角的羊，在这里是创见。每於太阳将要下山时，我们都跑去了。游人稀少，即有也不过是几些“混官面”的人物。更说不到并肩携手的“情人”了。数月之中，它——公园——给我们以莫大的慰藉和快感。尤其是我自己，几乎每天都要去走一趟——不花钱的。

旧城——我们平日所说的“归化城”即指它而言，——较新城倒繁华得多了。财政厅，教育厅，警察厅，县衙门，道尹公署，都在旧城；什么澡堂，旅馆，饭店，照相馆，布庄，鞋店，书局，报馆都在里边。另外还有好些寺庙，建筑宏丽，不下于北京的雍和宫；尤以“大召”、“小召”等为首魁。听说小召里还珍藏着康熙皇帝的一副盔甲，可惜因为没有碰到机会，终究未获一见！所谓“大召”“小召”即指“大庙”“小庙”而言；“召”者，庙也；——据说这是一句蒙古话。

说起书局来，世界书局、中华书局，大些。商务印书馆是一家“明善堂”书局代办。报馆属《实业日报》大些，——一大张。虽曰“日报”，其实是隔三天停五天的；消息不灵，甚至不通；而且印刷也欠美观。平日不常看它。

每天尚能够得到一点儿国内国外的新闻的，全仗着新城有一个阅报所，京津报纸，俱甚全备。然而已是相隔五天或七天的“旧闻”了。至后不常来——简直不来了；说是被扣，我信。这一来可就不得不亲近亲近《实业日报》了。但是它渐渐由报纸而“粉连纸”了，渐渐也就“不来了”；说是火车不通，纸张缺乏，我也信。结果，那只有看书，谈天，漫游，打听消息。后来运气到了，每天能见到些好消息；那就是“战报”之赐；一有聊胜无吧，每天必到新城的南门脸儿看粘在墙上的“战报”；可是并非天天改变，十次有八次是以前见过面的。然而我还是天天去，天天去看“战报”！

不过，极以为憾事的，是北京的飞机掷炸弹，身到绥远，未得躬逢观光；甚而至于看的报纸，其后被扣，也不详下文。还是去年，回京了；赶忙跑上松坡图书馆，翻阅《晨报》，里面叙说以后国民军以飞机敌之，翱翔天空，彼此大战；五花八门，眼花缭乱云。此是后话，暂且不表。

## 四、土人的风俗

到绥之后，第一所感到的，是言语不通。他们说话，我们惟有会发楞。土人们是毫无活泼之姿；酷似唱“昭君出塞”所扮的番邦官吏似的蠢笨之相可掬。——自然我不敢卑视我的这些苦同胞，只是可怜他们罢了！绥远凡做买卖的大半以内地人——尤其是保定——居多；而我们所接触的也多半是些生意人；慢慢地练习学仿，每人会说一两句绥远话，便自以为“奇货可居”了——全来领教。他们说话仿佛翘着舌头，“人”他们念“仍”；“本”他们念“崩”；“本地人”则念“崩地仍”；“昭君坟”则念“昭垌冯”；以此类推，不一而足。首次听来，好像被围于五里雾中，呆头痴脑，无以施表其聪明了。

在马路上常常遇到些拾粪的人。他们拾粪却真奇特，并不用粪叉之类，只是左手拎着筐子，右手去抓；毫不客气地搁在筐里。首次见到的真要肉麻，恶心！据说他们并不是我们内地人一样，拾粪当肥料上地长禾苗，他们乃是用这晒干了烧锅煮饭用；干柴之类是不很容易寻到的。

虽然如此，他们也很闲情逸致；春天已到，飞鸟来了；他们用一约二三尺长之洋烛般粗的铜筒，搏此泥弹，搽在筒的一端，应着鸟儿猛力吹去，就可以把树上的鸟儿打个半死，或者无力飞跑落下了。自然也有打不着而惊得全树的鸟儿飞跑的时候。

有一次，我也要“闲情逸致”了，特地向一位吹得起劲，而手中还拎着一束鸟儿的男子借过筒来，这自然是看得眼热想学一学了；他递给我，随手搽上一弹，我拿到眼前，瞥见泥弹，筒的泥孔，我感到恶心，又还给他了。他莫明其故。

我想，咱们人类，无论怎样劳辛，势必得有点儿娱乐相调和，也不至于感到人生的无味。然而现实界，多半又是相反！作工的成年成月得不到休息的空儿；享福者彻年彻月的淫乐，不受一点儿的累；天地般的悬殊！这怎能会不激起阶级意识来呢？我见到这些“吹弹儿”的——权且杜撰这个名字吧——就起了敌视，卑鄙之念，如见了北京之养鹰育鸟者的浪子一般。自然绥远也免不了有“财主”！

自从圣人立下了箍人思想、掣人行动的所谓“纲常名教”之后，我们的“华夏之区”都蒙上一重一重道德的皮！什么三从四德呀，授受不亲呀，大门不出二门不迈呀。……以致闹出了许多笑话。绥远就大不相同了，这许是在昔日君臣们漠视边番，轻易不理的原故吧？甚至到民国了，也还得称之曰，特别区！我翻思复想，总摸不出其“特别”之点来；以后才恍然大悟，原来绥远的同胞并未蒙上这层皮——或者蒙的单薄一点，彼此都是赤裸裸；无论你是往哪一家，一进门尽可以随便脱了鞋上他家里年轻的媳妇的炕，伊是恬不为怪的。要在内地，成么？

至於缠脚，还是比内地的多。带辫子的也是常常驰骋於新城旧城之间。

敬神方面，仿佛类似山东、河南的住家一般，家家一进门的墙壁半腰，都是挖一个洞——如同京津一带各阔人宅内大门里的壁上挂着“平安”之类牌匾的地方——洞内坐着财神大仙之类的东西；面前摆着香炉，两旁贴着对联。说到屋内则大半是供奉着义重如山之关夫子的圣像，仪表威武，也着实可敬！

## 五、昭君坟

旧城街上照像馆门前，除去挂了些“名人肖像”之外，也还摆些名胜古迹之类。最惹我注意的是“昭君坟”、“焦赞墓”两张影片。昭君坟较比近些，大家决定拣个好日子要去凭吊一下；我更是撺掇着要早些去；大旱之望云霓似的。日子到了，可凑上一个好天气。穿着袷衣，戴着草帽；雇了四辆轿车。先跑到旧城，由旧城南走，因为在旧城之南二十五里。买了老大几包点心及水果，准备在那里野餐。然而我却自忖思道：这算是给王昭君送的礼物吧。

这里似乎应当把绥远的“代脚”的车类提一提。汽车是不常见的；马车亦甚稀少。洋车则间或有之；绥远要坐洋车，那程度，就如同京津之坐马车哩！近于贵族了。

最平常的是轿车，十字路口老是一列一列的。一见穿得齐整些的，车夫们洪水似地围拢上来。我们都怕车子太震荡，受罪；出门常是练习徒步行，有时以自行车代之。

我们所雇的四辆车的车夫，与内地人常打交涉，日久天长，言语间他们也懂得不少。我们在路上就烦他为我们讲述昭君的故事。

“喂，赶车的，‘昭垌冯’里埋的是谁呀？”

“昭君娘娘哪！”

“伊干么死的呢？”

“跳‘小黑河’死的呀！”

“为什么呢？”

“那我可摸不清！”

一辆车上坐四个人，挤挤抗抗，颠颠簸簸；你一句我一句问得他不知答谁的好了。

距昭君坟约三四里有一条小河曰“小黑河”，土人相传昭君是跳在小黑河里淹死的。我们经过了小黑河，河身并不大，水很浅；碧水澄清琅琅有声。过河后那高大如小丘般的昭君坟坡上的裂痕看得更加明显。大家的精神复振起来，都不坐在囚车上受罪；下来徒步走过四辆大车。禾苗青青，横冲直撞地奔向昭君坟而来。勇健的 C 捷足先登，第一被他发现了坟坡半腰之处有座用砖叠的大仙小庙，别致得很！

道上，车夫给我们建议：“先生们要吃饭的话，我能托村人们给先生们做。”我们说，有饭铺吗？他说有住家。“那能行？那能行？”我们以为这不可能了。但车夫说，“可以的，可以的！”T 唧咕着对我说道：“请他给咱当翻译吧。”极好吃的 H 就命令式的分派了：“赶车的，请你对那家说吧，五十个炒鸡子儿，十斤莜麦面！腌大葱，再烫几盘菠菜！”车夫也满口承应了。

“莜麦面”是绥远的土产食品之一。是种的“莜麦”所磨的面，没吃惯的人，就不易吃。绥远的鸡蛋、牛肉、羊肉、骆驼肉都是极其便宜的，我们知道。

将到时，四辆车一并赶到距昭君坟不到一里之遥的小村子里卸下了。他们早已窜上了昭君坟的尽顶。

我手拉着聪明活泼的 T，先看他们登高。我俩绕坟一匝，跑到南面看立的几通石碑。最高的一通碑楼，是前绥远都统马福祥所建。碑文约数百字，大意是考据昭君坟的真伪；末了是些感慨佩服的话。另外儿通是前清康熙、乾隆年间的，年代久了被风雨吹打，字迹模糊。独有一通新的是绥远警察厅长吉鸿昌所建，上写“懦夫愧色”四个大字。

这时，他们多半下来，都麇集於石碑跟前。我俩于大家不注意之间，悄悄地互相将扶，歇了两歇儿，爬了上去。气喘吁吁，两腿酸软；微风徐吹，张目四射。看看脚下两间房大小的平坟顶，红黄土色，并无一草。我不禁和T说道：“汉时的王昭君，只怕也万料想不到你我会跑来到伊的坟上凭吊吧？”多感的T，为我所动了，颤声说道：“你我将来死后的坟墓，又焉知那个来凭吊呢？什么叫‘人生’？”

蓦地下面他们嚷起来了，仔细一听，原来想起又给他们以奚落的机会了。只听嚷道：“呵，你们又说体己话去了，总是躲着我们！”终于二人默默地下去了。

下来之后，还不由地总是向上望。天气多么和暖，被凉风吹着也不免要汗津津。俯视平地，阡陌横竖的农田，远近一片青黄之包围了这一座大荒冢。四周散乱的黄绿色的琉璃瓦砾，可想而知以昔定有如牌坊之类的建筑了。

我又犯了向来凭吊坟墓时所生的痴想：假若把坟掘开，圹穴之内恐怕连昭君的骨屑也没有了吧？然而首饰之类的金器总还可以探讨一些残迹吧？唉！可怜一个弱不胜衣的女子，伊如何能猜到伊死后会瘗埋在这里呢？那少识的土人们，躲懒的地方官们，为什么不种些树木在这里呢？

## 六、村中的会餐

忽地听见吆喝吃饭去的声音，掏表一看已经指针一点；太阳暖光之下我们跑到那个不知名的村子里。四辆大车卸在一家栅栏大门之前；车夫带领一位壮年男子出来接我们到上屋，让在炕上坐下。炕上铺着白色的毡，中间停放一张小长方桌子。十六个人占满了两间房子。摊开点心解饥。精明之T忘不了四位车夫，大家决定请他们来一块儿用点心热闹些；然而他们是十分的“妄自菲薄”的，无论如何拉扯也不肯前来。只得分几包点心瓜子让他们在一伙儿。

我们十几个人，有的谈天说地，有的东张西望。那壮男子推门进来捧了一壶茶；我们知道这是“砖茶”泡的。H说，可惜忘记买茶叶来了！我说，清一色的本地食品饮料倒有趣。“砖茶”是本地的土产，用不知什么叶子造的；四方成块，泡出茶来，颜色褐红，无有茶味。那男子与每人奉茶一碗，在一旁站着，请他坐下一块儿的吃谈，他又支吾着走开。我们又是发愣，不懂他的支吾。

烂熳的T，于人声嘈杂之中，跨进门来；并不到他的原位，跑到我的身旁拉我衣襟。我会意了，随他出动。含着惊奇目光的C身后撵来。T把我拉进厨房说：“你看他们是这样的轧面！”我一眼瞥到一位年约十七八岁的女子身上。伊以全身之力捺着面杖，面杖彼端是一个木臼，茶碗般大小；臼底是穿着许多的小孔子，将面填在臼内，再用木塞下捺，面从孔出，就成一条一条的“莜麦面”了。

我心中歉甚，因为了我们，致授伊以这件劳苦的工作。我俩进门时——C已赶到——伊看出我们照在墙上的暗影，伊本来朝里的头，扭过来了，两个黑瞳发出的光，射在我们身上；随后仍是低下头去工作。T掣我的一下，表示他也对伊十分爱怜。T叫我来大抵就是为伊的吧？伊的背后一个中年妇人在切菜；靠墙的炉灶下坐一位老太婆在烧火。

回那屋告诉他们，他们也赓续进厨房去看伊轧面。

又说笑了一刻，炒的鸡蛋这才端上。又是H尝先，他咳了一声说道：“怎么不是味道呢？”我夹筷尝尝，果然。那位男子说道：“这是大麻子油炒的。香油太贵，用不起；况且又没有。”

面上来之后，都抢着吃，吃绥远的莜麦面作纪念。饭罢拚命吃水果，磕瓜子，喝砖茶。约下午三点钟套车回城了；大家点首与昭君坟作别。T说，这一别不知何时才能相会呢？我无言答他，心中万分惆怅，听着大车运回新城了。

## 七、捉放曹

旧城有所剧场，新式建筑，极为整洁，取名“民乐社”。听说是京津名角在里面演唱。然而我们感不到趣味，从未去过一次。

正是七月间的时候吧。土人有个什么会，照例演戏庆祝；这戏就搭在新城东北约八九里一个村子里。已经演唱两天——只剩一天了。我们认为这是难逢之机，遂同R，还有B，三人出了北门向东北走。恰遇蒙松小雨纷纷落下，但都鼓着勇气。

顷刻之间已到。原来是一座庙，庙前建着一座戏楼——并不如直鲁两省的高大。台上已有几个红帽绿衣的人在憧憧往来。我们并不注意；只注视这来来往往的我的同胞，红男绿女，绿女红男；挤挤抗抗，抗抗挤挤都向往舞台前集中。牛驾的车，骡驾的车，一般的上面棚着苇席；鱼鳞似的围住舞台多半圆圈。旷野荒村，有这种种花样来点缀，看去，另是一番情趣，煞有意味！

天气虽则下雨，但热燥得很，口渴嗓干；买了三个西瓜，躲在庙里廊下吃了个痛快。然还不解渴，又到卖“雪花落”的挑子前，吃了一杯又是一杯；惹的好些小同胞都围拢上来欣赏！含着奇怪的眼光，看得我们也不好意思起来。这雪花落土人叫“冰激凌”，其实，在绥远那么些天也未碰到过冰激凌的星儿。

吃罢喝完，才撞上去看戏。为我们注意的头一出，三个人都不知名儿；单是叙一个忠臣，奉旨挂帅，征讨一个反贼——反者必贼，这是我们中国的逻辑！——命黑脸的先锋头路抵敌，结局败了，元帅大怒，棍责四十；那先锋怀恨在心，看定元帅亲自出马之机，放火烧了营寨；把元帅的胡子都焦燎了。演止此处，也是不见下文。

次出一同出来两个人——一个白脸，一个本来面孔——我私自忖度是“捉放曹”，果然不错又来了吕伯奢。我抱定了的“凡未见过的事物必与常见过的事物不一样”主义，至此打破了；即如那曹操的白脸儿也一样的令人可恨，亦复可怕，而又可爱了！——那多痛快淋漓！“宁教我负天下人，不教天下人负我！”多直爽，干脆！不似如今的口蜜腹剑人面兽心的可比；但有一种，那终是“古人之心”哩！

以后吕伯奢的被杀，陈宫的痛哭，曹操的冷笑；都过去了，也就煞戏。观剧的人们，绞成绳似的分好几股儿各奔前程。我们也回去了。半道上踅到一个瓜园里，于瓜棚底下吃了几个香瓜，又兜了一包给他们捎回去。

## 八、大青山 焦赞墓 蜈蚣坝

康健的时光老人踏着日月双轮毫不停息地直是跑，人间的一切也都距离各自的毁灭一日近似一日了！

自从四月初到绥远，那时不过严冬甫去，暖春才来。蓦然间炎夏降临了，上午十二点，下午一、二点几个钟头奇热。晨间或夜间，又觉到寒凉——非著外衣不可。

本来盼车通的话是毫无希望。索性就缓几天再游历其余的名胜吧。所以短期的逛逛旧城大小各“召”之余，就着手调查的功夫，分头作工。

七月十八日——即阴历六月初九——是我和 N 预先所定要游大青山的日子。早六点半出发，目的地是绵延数百里的大青山。在我们也并未存心要游遍大青山，只是云游僧人似的走到那里算那里罢了。每人带着外套，一把雨伞，一个茶碗——是很简单的了。

到鼓楼的北边买了各十五个“三角火烧”及油果子，带到车站配喝豆腐浆，当作早餐的点心。这才慢慢地登彼无目的底道上。

走不远，一位背米的老汉由对面走来，问他到“坝口”的路由哪儿走，他指手画脚地说明白。原来我们忽然想起初到绥远时满街所贴的“招募工人修理蜈蚣坝的告示来了。”“坝口”者，蜈蚣坝之口也——是上蜈蚣坝的必由之道。

到了坝口——原来是个小镇点，参差不齐的众街房，中心夹着一条小溪。这在我倒是生平所仅见——大街上会有溪流。在街的尽头一个茶棚内歇下；喝他一壶“砖茶”，又烦他的她代买一根拄仗，准备上山用。

抖起精神往山里跑，仰望那红颜色的山尖，近睹那白颜色的山腰——绥远的山，多半这样。自己的身子就像飘飘然！

鞋底擦着漠漠的沙滩簌簌地响；一不提防就被圆滑的石子儿绊得一跄踉。因此就时时低头谨防范石子儿绊倒。蓦抬头使我不禁大声喊道：“啊！那不是焦赞墓么？”

我何以晓得呢？是看惯了相片之故。况且 S 又照着相片，意描了一幅极大的水彩画挂在墙上。N 经我的一喊，也疾忙顺着我指的方向望去。无意之间发见了多日所期望的古迹，是多么喜悦的呀！慌慌张张的走近，停步于距墓不够半里的田塍之间的三棵杏树底下，撷吃了行将快熟的杏儿。又捧了一捧吃着走到墓前；看那残毁的遗迹，联想到从先定建筑过巨大的房屋，惜无人保存，只剩下那砖砌的半圆的顶

又谈了一会子，我自己和衣睡下。

## 十、“牧马悲鸣”

第二天早起，本应仍然向前走的了，但我们贪恋这儿的景致，实在不愿，也不忍离开这儿；商量的结果，又多勾留一天。

吃完早饭，戴上帽子，撇下外套，出庙越过那条大河，直奔那面石头极少的山上。乳头般的山尖，密铺细草，竟觅不出一隙见土的地。草上生长些不知名的大朵红花；花瓣组织奇巧，色彩分外鲜丽；绿黄色的叶儿，配衬恰宜。我曾念过三本植物学，采集各样花草做标本的也不为不多，然而今天遇到这种花儿的模样、颜色，则不独从来未曾见过，而且也不曾听说过，更不晓得它是属于哪一科了。

这座山峰，也算是煞为奇妙，既有毵毵的嫩草，铺张得十分匀净；又有这仅一无二的花儿独霸了全峰。N 忽然对我说：“大自然赐与我们这张极优美的绒毯，黄绿色的毯底，绣着脂红的花儿；我真舍不得走了！我吞大自然！大自然吞我！”我几乎说不出话来。我掐了一大束这样的花儿插满了帽子和制服；白色的制服，绣上绿叶红色的花儿，我自忖比“波罗门”的荣华，还有以过之！ N 拔出刀子掘了好几棵，预备做标本。

迨登峰造极之后，低头瞰瞩山下的庙，庙下的河流，河中的“绵羊”；比昨天另是一番“幻景”——我几疑为这是“幻景”！ N 抽出所带的稿纸，坐下用大腿垫着画这山河风景的轮廓；他要描几张画稿，赠送未曾来过的朋友们。

我伫立一旁，看看太阳，看看云彩，看看山下的莽原，看看 N 的画稿。骤然间东北角的那个山峰上跑出一群黑的白的模糊不清，只是蠕蠕而动的东西来；我极为注视，看他们终究的变化，果愈走愈近，而看出是一群马了。静静听去，那牧者的吆喝声，也极悠微地传到耳鼓；间或又听到粗大的马嘶声，极为悱恻的马嘶声！使我不期然而然吟哦着“塞外草衰，牧马悲鸣！”的李陵将军的句子。啊！这是多么生动而悯伤的一幅国画啊！我可怜李陵，我可怜昭君，我可怜文姬，我可怜自己，我可怜一切在塞外居住的人们！

N已经画两张画稿了，喊叫我下去；我一步一挪地走下去，心中感到老大的不安！走不远，在一片土坑之中发现了一个白皑皑的头颅！圆的眼骨，紧对的牙齿，极安稳地在坑中搁着。

“呀！你瞧！”N很诧异地对我这样说。我怔了半天。无故又增了忐忑，迅速跑过，不忍回首。然而我的浮腾的思想，总是排遣不开。

下山在另一家吃饭，仍是莜麦面和炒鸡子儿；饭后留钱，主人坚决不要，结局扔在炕上我们跑了。

在河里洗浴了一时，还要上山，立志走遍了这些峰头。太阳正是甫过午时。

## 十一、六月间的麦苗

爬上对过的山峰，就俨然异样了，铁石崭岩，只会令人愤恨、憎恶；我俩不爱它。又跑到左边一个有一片绿色的峰上，近前一看那绿色并不是草，乃是其高只能没股的麦苗；这使我迷惑时令了，为什么现在还有麦苗呢？在直鲁豫诸省四月间都已吃新面了，这里已经是六月麦苗还是青色！我揣想这定是种第二遍了。

N见我疑头疑脑，对我说道：“你忘了么？咱在北京早已过了植树节，迨到这儿，不是改在四月十五了么？咱们一年过了两个植树节。这儿太早了，土地尚冻得结实，树还不能植，那能种麦苗？”我于是恍然，打破了疑团。

越过几个山峰，除去石头之外，无甚可观，而且也有些困乏了，乃取道回庙。半途又在一间瓦房的“龙王庙”前之两棵枣树下憩息。龙王爷也是黑脸，狰狞可怕！晚上吃过晚饭，又是一觉睡到天明。

## 十二、武川县与荷包鸡蛋

醒来洗刷完毕，依着昨晚老和尚指导奔武川县的道上去。沿着河岸，一边是平原，稀疏的麦田；一边是岩山，松鼠常常出露，N要逮捕一个，但赶不上。

经过两三个村子，肚内觉得饥饿，就存心寻找点食物。这所谓村子，在绥远是只二三家，甚至一家也叫个什么名的村子。那远山的牧马，牧驴，牧羊，更是所见皆是。

前面道旁摆着一个小摊子，贩卖糖果油饼之类的零食；脏得很！一见就要作呕。问他能做饭不，他说能；走进屋里，对面来了一位老者，纽扣上悬了一个耶苏就死十字架的铜牌子，问他从哪里得的，他说是福音堂送给的。我不能不佩服基督教之传道热心——无孔不入；究竟为什么呢？我不禁好笑起来！

睁眼张望，并无什么可吃，而且敢吃的东西，还是鸡子儿干净些；于是就让本屋主人烧锅打荷包鸡子儿，这里同那老头儿谈天。一霎时，鸡子儿可就端上来了——两大白碗。我们看那马粪末儿密包着的鸡子儿，就立刻皱眉头！N大声喊道：“不行！不行！”我跑到灶前一瞧，只见一口小锅，旁边架着风箱，风箱后壁堆着干的马粪，锅底又是粪末在熏烟。原是他一面抽送风箱，一面抓粪点火；又一面用抓粪的手打鸡子儿。我们没有法子，只得忍等一候儿，听他煮几个熟鸡蛋；带上一面走，一面剥吃着。

武川，原名“可镇”，土人现还是称呼旧名。民国之后置县了，易名“武川”。距关帝庙只四十五里。约下午两点到了。这武川县虽强安个县名，实是不配；无有城墙，街道短狭；房子矮小破烂，就只县公署有几间瓦房，另外全是土房。人民也是少见多怪，比归化城更甚一等。我们进了南门——原不知大街会如此之短，第一自然是找店安歇，大街上目不转睛地寻看，几家客店不是没有炕，就是陈列着牛屎马尿，实在不能驻足。又听说这里店内的臭虫，夜间由顶棚上成队的向下滚，是臭虫之猖獗也可想而知。不自觉的只走几步，可就出了北门了——荒野莽原。只得又趄回来，到一家稍为强些的小店同他商议重新把屋子收拾一下，大概是他嫌麻烦吧，把责任委推给总商会会长了；说商会会长定有相当办法的。

我们也委实不明其妙——这地方的商会也管来往旅客的住处?“去就去吧，碰碰看！”我怂恿着N同店里的掌柜一块儿访商会会长去了。总商会设在城心关帝庙之内，恰好一进门就遇见会长；介绍之下，看他是一位精明强干的老丈。他十分欢迎，终于把我们送进一家生意铺子里，安置于一间房里，伙计们不离左右的侍候。

## 十三、少见多怪

天气还不大晚，溜到街上买点心，并且细细观察商业的情况；然而背后就已然尾随一大群小孩子了，街两旁铺子里的人也目光集于我俩身上，行走的人也停足目送——如看乡下的玩猴儿似的。N悄向我说道：“你瞧，这些苦同胞，少见多怪！”我也局促起来了，猛回头，怒目而视；那群孩子赶忙站定，又像倒退，仿佛害怕。

出了北门，脱袜迈过小沙河，也是麦田，加以玉黍蜀。黄黄的叶儿，就像害痨病，不死不活。远处两个村子，三家人家，树木五六株，却也别致！

晚上，开晚饭时，商会会长来了，慰问一番，客气一番，嘱托听差们一番，走了。

就要躺下，听差进来，说：“外面有人拜访。”弄得人糊涂！人生地疏的武川，认识谁呢？但得看看，到底何事；披上衣服出去了，见一对儿大纱灯笼架在门的两旁，一厢站些挂军刀的巡警们，簇拥着一位戴金边帽的巡官——我看得清楚。这令我吃了一惊！翻想自己过去犯了什么罪？两秒钟罢吧？听差先到巡官后面，恭敬地站着。我还在想。

“立正！”一声喊，众位巡警都注视着我；我还算机警，连忙点点头，表示我并不外行。这时巡官过来了，向我脱帽，我给他鞠躬。这才放心——但不知什么事？于是问道：“什么事呀？”“没什么，就是问问先生们到底是——？”

“特意到此游历的呀，甚事也没有。”

“不是这么说，设若是来县检查什么，我们好照应！”

N也出来了，说：“除游历之外，实在没有别的事。”

但他仍不放心，还说道：“能请下张名片带回去？”

我和N的名片给他两张，又是“立正”，“脱帽”，走了。

已经脱好衣服睡下，快将入睡了，听差又叫门，说又有人访；我有些讨厌，但还得开门，一看不是军装了，倒是便衣。一见却更和气，低声下气地说道：“县长请先生们衙门里安歇，方便些——比这儿强！”

“请你谢谢县长吧，这儿也很方便，不敢再讨扰了！”我们对他说。之后，也是走开了。

走开之后，我对 N 说："他们肯定是猜疑咱们俩是什么暗探，或什么委员之类的人了吧？你看白天商会会长的神情，晚间这两桩事情的缘由，就可揣摩得七八分了。"N 也是这样猜度着。

## 十四、蒙古牧场

次日起床就打听武川迤北的区处，他们说："再走四十五里就是蒙古牧场了，绝无人烟，而且土匪又是出没无定！"我主张冒险去，N 不赞成，理由是"危险多！"武川既无什么可留恋的，又不去蒙古牧场，那只有回去了。在庙里听和尚们说，距那里一百里开外有两个大镇点，一名叫"西乌拉不拉"，一名叫"东乌拉不拉"，既无向导，而且"危险多"，这个念头也打消了。

回来骑一节驴，坐一节牛车，车夫是位山东人，在这儿落户了；据他说，他曾给徐树铮当过兵，到过库伦；以后到绥远当上"驸马"，已生孩子，不再回家了。

归来的途中，分外的疲乏，一步不如一步。经过关帝庙，重进去喝几碗茶，拜别了老和尚与小和尚，仍登蜈蚣坝，一鼓气儿走进城。路上的鸦片烟花儿，红白争妍地盛开，且结的实子已经被割过一次了。

此次之游，使我得了不少的见识和感想。像绥远的这些同胞们，山东、河南等省，也何止千万？总是抱着那"宿命论"的传统思想；听天由命，人力不可强的老调！我想负指导社会之责的人们不要总是在总司令部，或者什么党部里瞎来往，而一方面口头上却喊着"到民间去！"凡事非下一个决心不可，如老在自己身上打算，那即成了社会的废人了！

固然，"到民间去"也有"到民间去"的先决条件；然而如无必要之阻碍，自然还是以此为急着！满腔热血的青年们！以为如何？

## 十五、杨六郎的箭与洪羊洞

C赴包头住去了，因为他的哥哥在包头为商。有一天他来信，叫我也到包头去逛逛，我自然是欢喜不迭！

“包头”者，包大青天之头也；离绥远三百六十里，中间夹着“萨拉齐县”。坐火车费五六个钟头就可到了。是一个极长的蜿蜒如长蛇的寨墙包围着。商业比归化城稍逊；以“前街”为最繁华。风景也只是东门外的“砖（？）龙藏”而已；树林丛生，一个大泉，多半的人们全仰吃此泉之水。

C领我经过漫长的菜园，缜密的树林，出了东门，到“砖龙藏”了。泉水由三个从高石台内伸出的龙头里流出，推水的车子不断来汲水。

漫过“砖龙藏”上去，可俯瞰整个儿包头的鱼鳞甲似的房屋。再走下去是一片大洼；各种瓜果园子俱历历可数。我们吃了两个大西瓜。绕过河滩那边有所“水打磨”（即“水磨”，“水打磨”是河南的土语），暴浪激轮，涛涛之声震耳。对面是一望有垠的满种着芜菁、韭菜、大葱、萝卜之类的菜园子。倘若点缀些桃花、杏花等等，则定是“隔世的桃园”了；那桃花树林中我找不着，想是开花之期已然过了。

C指给我说，你看这面前的最高峰，是大青山最末一个；包头而称“西包头”者，也就在此。

我问他这包头附近，有没有什么古迹？“有的！有的！”他绝然地说，“我一来就访问土人，这里有没有古人的遗迹，他们之中稍为明白的人说，在大青山的一个山峰之上——现在假定是K峰吧——有一支杨六郎的箭；晴朗天气，看不见，天气只说稍一阴晦，就看得极真切。土人说话时的态度很郑重；转问别人，一样说法，那么，杨六郎的箭，似乎是的确的了。我就有点儿疑信参半，总想找个机会到K峰去证实，不过苦于无机可乘呢。”

我也有点儿疑信参半，连忙问他这是怎样的来历。

“啊！来历吗？这是一个很好的故事了，处处表现出地方的色彩。”C咳了一声，顺顺嗓子之后接着述说道：“宋朝的时候，杨六郎兴兵挂帅，扎大营在雁门关外；与番将交了几次锋——都输了；坚守不出。而且粮草又一天缺减一天，运粮是万分的不易；加以兵士们都起思家之念。杨六郎焦灼不堪；苦思一计，准备逃脱。第二天他写封信送给番将，大意是：咱们比比箭吧，谁射的近，怎么样？谁射的远，又怎么样？番将复书说道，那很好，你射的远，我就把兵退到你所射的地方去。杨六郎当然是见信大喜，夜间他吩咐心腹之将带着杨六郎名字的箭，骑着快马跑到包头附近的这个K山峰上插进去了；连夜即忙赶回营来。蠢笨的番将那梦想到呢？第二天正午，各都出马，两阵对圆了。番将拈弓搭箭，飕的一声，落在并不甚远的原野里；众人取回来，丈量了远近。其次是杨六郎射，他拈弓搭箭，也是飕的一声，箭却无影无踪。又是昨夜的那心腹之将同一番邦人员并着马头寻找这支箭：他们——心腹之将自然领到了K峰，远远地瞭望着峰头上这支箭在插着，一同拔下回来报告番将，那番将不禁一吐舌头。自己受诳了，还一味的歆羡人家箭法的神妙哩，诚实的番将，只得带兵退到K峰；杨六郎们很安闲地统兵退回雁门关，返兵中原去了。”

杨家将的故事；在绥远、察哈尔一带很多，但因为时间的关系不能一一采集，很是可惜！

我又问“洪羊洞”的所在，C很确切地说，“洪羊洞是一定有的，但离这儿太远了——即土人也是不易探讨的。”此外包头与五原之间，有“李陵碑”，杨令公的庙；可惜我们都不克一一凭吊，至以为憾！

# 十六、大同城的迫击炮声

已经是八月初了，直奉军攻打南口正在吃紧之时，我们在绥远，因为距张家口还有千余里之遥，所以并不怎样感到战云的弥漫。每天先看些怎样击退，怎样敌防的“战报”而已。这极激烈的攻守大战，并不能减煞我们的游兴；终于丰镇有我两天所踏的足迹；平地泉的冷酷，也曾逼促得我们发抖！

坐车往天镇，经过大同。任谁都晓得大同正在被国民军围困着，好几十天了。大同是山西一个有名的县，地位占的十分重要，是由察哈尔赴绥远必经之道。山西一掐断这个重要的咽喉，那么，察绥就算无形的分家了。因而国晋两军一以死力攻，一以死力守，不肯放松一下。

我们的车夜穿孤山，到达大同，车灯俱熄了，车行得更加缓慢。客人们鸦雀无声，静静只听轧轧的车轮奏乐，震破这冷静寂寞的世界。谁也料到这个身子无异于就是枪弹的靶子，沙场的兵卒似的，刻刻秒秒防备子弹的袭来。如无十二分要事，他们决不冒这毫无代价的危险的，因为早先就轰动着说，火车经过大同，城内就要瞄准开炮，而且已经尝试过好几次了，打破车身和玻璃。

偏偏这列车的机关车在大同上水，势必得滞停半点钟，冷清清一条黑色的龙，伏在大同车站。轮声也停息了，旅客的悄悄唧唧咕咕底语声，与站台上巡警的皮革擦地声相和。

“嗵！！”一声大炮，吓坏了车中的旅客！惟有我，惟有我只待炮弹的射来——“啪！”的炸裂——火车及旅客。然而并不，紧接只听些连珠炮响，劈劈啪啪一阵；俄顷，又是一阵——声音却远了；俄顷，又是一阵，声音又近；俄顷，又是一阵；俄顷，又是……一远一近的连珠炮，令人料到一方在城内，一方在城外；彼此游戏似的；然而旅客们却饱吃了惊恐了！

## 十七、极度的恐怖

八月二十日前后吧，国民军退出张垣，陆续集中于绥远；同时二、三、五各军也同向后方移动。新旧二城，大小处所俱见到灰色的同胞，杂来沓往，纷纷慌慌；大有草木皆兵之概。

我们每人的心之全部被恐怖忧虑完全占领；目下的纷乱，象征着来日的大难！只有听命运之神的摆弄，揶揄！并且谣言迭起，这个说奉军已经到了卓资山，那个说恐怕还是晋军做先锋。“谣言”又代替了“战报”，否则真是一无所闻，大街上贴满了安民的布告，然而我们却更不安！竟也有“凡关内人之客居绥远者尽是国民军的私党！概杀无论！”的兀突消息！大约有两礼拜吧，都是釜中之鱼似的，急待赶速长支翅飞回北京！然而事实又与这相反！

神经质的C，忧虑不堪，见天筹思脱走的妙法；一天他竟妙想天开地献策道：“还是装扮叫花子回去吧！省的受这惊恐！”这自然是感情冲动的愤语，然而未始没有几分可能哩！

八月二十二、二十三两天，绥远都统赴包，首途赴甘；马上都统署就被本地流氓抢劫了！以后就愈发而不可收拾！忽响忽停的枪声，更粉饰着大敌的降临。兵士们随便可以拿着枪钻入民宅去要东要西——据说这是二、三军干的——换便衣逃命；这个见那个如此，也照着仿效起来，设有半个不字提枪向空即是一排。二十二上午九、十点钟之间，绥远城无异是前敌；劈劈啪啪胡乱放枪。过去两三点钟之后，任何动静也没有了，寂静得像死人世界。我们才敢出城看，可是走一处见到一堆死尸，血迹模糊，大半是军衣之内套着便衣——准备装老百姓逃的；然而未死于前敌却死于后方了！

因兵抢老百姓便衣的结果，就影响于我们这穿便衣的百姓了！稍为形迹可疑一点，大刀队跳过来，不给一枪，就砍一刀！因而做了冤死鬼者不知已有多少！我们跑到车站，转到旧城，又回来的一路上，就碰无数的“站住！干啥的”的威吓！我们虽然装出十分镇静，从容；然而心里未尝不忐忑！

在这样的时间与空间之内，我以为我这条小小的生命比中央公园里的一棵草还渺小，下贱，不值一钱！看到了大道两旁累累的尸体，凄然起一种一小时前他同我一样，或者一小时后我同他一样的思想；纵然不因嫌疑而被砍，——这流弹也就够可怕了！偶尔听见“啪！”的一声，就不禁打个寒噤！幸而好，这类的事情，并未遇见。

## 十八、重过居庸关

国民军退到包头之后，晋军开抵绥远，大乱之后的绥远，又笼罩上和平空气。

离京数月饱尝惊恐的我们，谁也不愿再久为勾留了。而且数月不见的北京也不知可换变了样儿否？T更是日日地催促，“回京吧！回京吧！”的嚷；然而车虽可直通北京，反有两重困难：一、车头稀少，车辆缺乏；二、张家口之检查盘问，极为严苛，不清不白就捉将官里去！——这当然是流言，不能轻信；然而这甫受惩创的心灵，总是不免的疑神疑鬼！

迟早总得一走，万事都付托于命运之神吧，终於登车了。经过大同，车停多时，本有进城凭吊那战后残迹的夙意，但因车开的时间不定，老是鼓不起勇气。静静地坐在车里等待。

一路上由车窗外望，风物依然，间或见些撞毁的车辆仰翻于铁道之旁——单是这就已经够动魄了！我坐在车里很迫切的要想在车外的田野中寻点和人谈助的好材料，然而除去半陷半平的壕堑，零铁碎片的毁车之外，几乎无什么可说，无什么可谈！大家惴惴的心房，于无话可说之中偏要找出话来，“呀！你看这细弱的杨柳，都是梢冲东南！”“那是常刮西北风的原故！”“呀！天镇快到啦吧？”“过去天镇就是阳高哩！”

我默默地坐着，眼光向着太空，我几乎失了知觉；我的可怜的同胞！可怜的老百姓们！自己是鱼，任人捕！自己是肉，任人割！然则，然则又该如何呢？我的“不在其位，不谋其政”的苦同胞们呀！

傍晚，车到张家口，与我们来时一样，并不见得有什么差别；或者就是因为傍晚的原故吧？歇息一个钟头，又开车了。

这晚的月光，特殊的皎洁；由丛林下透出的白线，缠住了车中的我们。火车也特别的快，小站也不不停留；好像火车已经体会出我们归心似箭的意思了吧？都含着微笑的期待，期待次日的抵京！“久别重逢的北京呀！我们见面有日了！”

次日晨，车站康庄；换上车头，飞奔居庸关而来。来时的新春，草木蔚然可观；回时已中秋，万物俱显萧瑟之态！人们也都怔忡不安。车过青龙桥，那特大的一个车头，碰得四零五散在山涧里躺着，不复有昔日的勇气了！

在南口买了一蒲包柿子，一蒲包梨，歌唱谈乐，几乎忘形；车过清华园，众人俱都跳出来；赶到西直门，简直不知怎样好了！

## 十九、中秋节之前一日

车到北京那天，正是阴历八月十四。街上尽是摆些中秋节用的果品之类；粉饰得这多日不见的北京更加出色了。我的简单的行李，请朋友们代为携带；我一个人也不坐什么车。走进西直门，举目四望，甚而一根电线杆子我都检查一下它是否与以前异样。我的极易浸入的思想，还是在想："这任何的事物，都离他们各自的灭亡日期，一天相近一天了！"

第一句听到京腔是车夫的声音，"要车吧？先生！"清脆的语音，十分嘹亮；不由得我重述一下在绥时常取笑的几句话："你是哪儿的人呀？""俺是'崩地仍'！"我不禁瞅着马路失笑了。

五个月的光阴，不料就会有如是的大变动！朋友们的寓址，一个也找不着！我想不是搬了家，定是业已离京了；因为他们也是一般的终日漂泊，无有久居之所。当我访了三位都已访不到时，我忖度着也不知将他们冲到哪里去了？几个月不通音信——投邮之信，究不详佚失何所？——我既不晓得他们被冲到哪里，他们也该惦念我不定是死是活哩！访友不遇，毕竟还是住旅馆。

大家所盼能在北京过中秋的愿望，万幸到达了！——然而我们倒住在旅馆里！第二天这些共患难的朋友，在旅馆里过了个极凄凉的中秋节！第三天便有许多离京了！有的回他们的故乡，有的奔他们所不得不去处所。惟有我孤苦伶仃的仍在京城株守着；再过那渺渺茫茫的生活！

## 二十、风波中的纪念

多时不看新闻纸，自己也以为是个时代落伍者了！中外的大事竟于不知不觉之中演过去！快忙买份报，原来武汉三镇，都飘扬青天白日旗了；又添了许多素昧平生的新英雄！沧海桑田，不禁感慨系之矣！

跑到松坡图书馆，把四月份以至八月份的陈报翻出来，从掷炸弹起，走马看花般的掀一本又一本；才晓得这数月之中世界上曾出了很多的世故，逝了很多素昔所景仰的人！看完之后，脑袋胀胀的，思七想八。啊！人世的变幻呀！

数日以来，一同回京的朋友们走净了，以昔在京的朋友又访不着，终日里无所事事；精神感到空虚，现实界也感到空虚！空虚，空虚。每日是尽其量的逛，逛，逛。逛市场，逛天桥，逛前门，逛北海；然而万物俱都依然。飒飒的秋风吹得落叶飘舞。前门的尘土，依然灰色；沟沿的臭气，依然薰人。

一天逛到琉璃厂，各书铺里走走。忽而想起自己还莫有文具，这勾起我的回忆——回忆收拾行李，不敢多带东西的那天晚上，笨重的墨盒也扔了。于是走进一个铜器铺，第一照在眼里的一方墨盒晶亮逼目；仔细一看，上刻着一幅山水图，水中的孤舟漂泊无定；舟内坐一位先生，打着雨伞。看水纹，又仿佛在刮风。

这倒与我甚切恰，问好价钱之后，托他刻上“风波中的纪念”六个字；纪念我数月之内在风波之中的游历、经过、事故、和传奇！

这已是中秋节后三日的事了。

彭修道

1928 年 2 月 5 日，月晦之夜，于天津

《国闻周报》1928 年 3 月第 5 卷第 9、10、12、13、14、15、16 期

# 娄山关前后[①]

## 一、二郎滩的背水战

在“回师遵义”的途中。

这一次是赤水河的再渡，一路来浩浩荡荡，然而当前横了一道河，地名叫做二郎滩。遇水造桥的任务就摆在先锋两个团（十二团、十三团）的面前了。

环境并不那样的太平，倘若敌人在对岸凭河堵击，事情可就麻烦了，而且事前又得到一个情报，说敌人有以其主力阻我渡河之模样。

“争取先机呀！”一面集合红色工兵搭浮桥，波浪作了他们斗争的对象；一面使用红色水手们乘船渡河，首先是占领阵地，其次是远出游击。船仅三只，每只能装三十人，一来一往，大费力气。战士们急如星火，然而只有“等”。

一个营过去了，机关枪过去了。游击队派出了，阵地占领了。忽

① 自注：赤水附近的土城战斗之后，我军即向扎西（即威信）转移。在扎西地区，改编了部队，充实了战斗连，将八军团并入了五军团。改编完成后，我军再由旧路，回到贵州，打桐梓，打娄山关，打遵义。

在扎西地区，扩大了红军三千余人。

古蔺、古宋地区原来有一支游击队，党派了余泽鸿、徐策同志等去该游击队工作。后来余泽鸿同志在那里牺牲了。

然远方传来了零碎的枪声，接着送来了轻重机关枪声，最后渡河部队的报告说，我游击队与敌接触，敌番号、兵力不详，但估计约在一团以上。每一个人的思想："增援！增援！"然而浮桥才架起了五分之一，船仍然是三只，每只还是只渡三十人。

"赶快呀！""赶快呀！"

终于渡过了两个营，劈面是个高山，三步缩做两步拥上去。部队展开了，敌人的子弹从耳旁飞过，炮弹一颗一颗地落在前面或者脑后。

这是一个背水阵。

敌人是那样的不行，我们的冲锋部队还隔着几个山头，他们就溜，而且像流水样的溜了；追过去，追下了悬崖，敌人从悬崖边跳下去，跌死或者跌伤，一个窝里就跌了三四十。胜利者不能像那样的跌下去的，所以只得弯了路。敌人就乘这个机会跑得无影无踪了。满山遍野的背包、衣服、手榴弹、军用品，以及敌人死者、伤者身上的枪支、子弹，在今天统统换了主人。据俘虏说，他们是侯之担的两个团，而且是个什么副师长率领的。

黄昏之后宿营了，准备着第二日重上征途。

## 二、乘胜直追，目标向着遵义城

长征以来，遵义是最使战士们想念的一个城：那比较繁华的街市，那相亲相爱的群众，那鲜红的桔子，那油软的蛋糕。然而现在那凶恶的青天白日的旗子却插在遵义城上！

此次在向云南途中的"回师"，遵义是我们的唯一的目标，大家心目中的敌人，除了不在眼下的王家烈之外，还有自江西出发就跟在屁股后面捡破草鞋的周浑元。"打倒王家烈！消灭周浑元！"这口号每天挂在人们的嘴上。

渡过赤水河，二郎滩战斗胜利之后，遵义更加接近了，两条腿分外来得有劲儿。

沿途的民众们“多谢”国民党的苛捐杂税的“恩赐”：十八岁的大姑娘没有裤子穿，五六十岁的老头子，屁股总是露着半边，成群结队站在大道两边欢迎着他们的红军。随便喊一声：“当红军来哟！”壮年们就会跟着走的。那个时候，每个团一天总要扩大百儿八十个新战士来的。

有一天微雨途中，丛林中突然出现了一个上半截披的如像棉袄，下半截烂了裤的汉子，拦住马头跪下，只手送上一张纸，开头一句是“启禀红军大人”，内容是因受某劣绅的欺压，逼其妻又索其女的，新仇旧恨，请求红军伸冤。状纸还没有看完，他那里已泪流满面了。稀罕哪！“包文正大人”常常干的那一套，居然今日重演了！

经过政治部的调查，所谓某劣绅确是当地的一个大土豪。向导，自然是他自告奋勇；捉来之后，第一个拳足交加的就是他，复仇的痛快叫他忘记了裹在腿上的烂裤子。经过人们的劝阻，他的余恨终究未消。

大军驻在回龙场休息一天。大的干部会中，毛主席做了报告。大会中军团政治部提出了号召，把消灭周浑元纵队、吴奇伟纵队的勇气提得更高了。

## 三、娄山关

从川南到黔北的遵义，桐梓县是大门，娄山关是二门，主要的还是娄山关。倘若占领了娄山关，无险可守的遵义县，就是囊中物。所以娄山关便成为兵家必争之地了。

娄山关雄踞娄山山脉的最高峰。关上茅屋两间，石碑一通，上书“娄山关”三个大字，周围山峰，峰峰如剑，万丈矗立，插入云霄。中间是十步一弯，八步一拐的汽车路。这种地势，真所谓“一夫当关，万夫莫开”了。

守关，王家烈是懂得的。在我们占了桐梓之后，抢夺娄山关这一光荣而严重的任务，便交给十三团了。娄山关上的一攻一守，十三团单独担当。浴血大战的英勇气慨，仍然不减当年。

还是中央革命根据地的时候，一九三三年的东征，即有名的东方战线上，我们的十三团和十九路军的三百三十六团在福建延平县青州地方来了一个遭遇战。不过两三点钟，我们的一团把他们的一团消灭了。据说三百三十六团在上海和日本作战的时候，是顽强的一个团，是出风头的一个团，是缴日本兵钢帽最多的一个团，然而当他们执行国民党反革命令杀向人民头上时，这一团的钢帽又转送给红军了。

在反对蒋介石对江西革命根据地的第五次“围剿”中，有名的“高虎脑万年亭战斗”就是十三团配合友军进行的。不管那时的战略指导怎样错误，十三团在这一战斗中的英勇顽强的精神是永远值得学习的。那是空前的残酷的战斗。敌人汤恩伯、樊崧甫两个纵队六个主力师，配合炮、空两军，气吞山河似的向着我石城县驿前以北之高虎脑防御阵地攻击前进了。敌人欺负我们没有空军，缺乏炮兵，冲锋部队总是集团的一个团。最前锋是戴草帽、穿蓝色衣、佩着驳壳马刀的法西斯蒂蓝衣社匪徒六七十人。七架飞机在空中投弹，几十门大炮轰击，烟雾冲天，杀声震地，使你听不出机关枪和步枪的声响。沉着抗战的是我们十三团的第七连，坚强地守着堡垒，等待敌人接近工事了，首先报之以机关枪，继投之以手榴弹，最后还之以出击，敌人血肉横飞地躺下去或滚下去了。点把钟的时候，又是同样的冲锋，同样的轰炸，同样的杀声。红色战士们同样的坚强，同样的投手榴弹，同样的出击。结果，敌人又是同样的血肉横飞，同样的躺下去或滚下去。这样连续了六次。

敌人，漫山遍野地痛哭哀鸣，死者伤者堆满山谷，竖一条横一条。总计敌人死伤四千余名，连、排长干部四百多名，而我们的第七连，也只剩九个人了。

敌人这一次惨败，两个师完全失掉了战斗力，一个多月，钻在“乌龟壳”内不敢越雷池一步。然而最后，终于硬着头皮还是来了。侦察地形以后下了作战命令，命令里提出赏格，谁夺下我军阵地，赏洋两万元外，还在报告蒋委员长擢升团长当师长。

“究竟谁来担任呢？”大家低头。

“到底哪个去呢？”还是低头。

“你们究竟怎么样呢？”

“请师长下命令吧，该着哪团，还不是哪团！”大家这样的说。

据说，那位陈诚将军，为这事，也曾头痛过，只是在蒋介石的逼迫下，无奈才“执行命令”。

如今夺取娄山关摆在面前的这一严重任务，使大家，全体指挥员、战斗员，不约而同地回忆着当年的历史，而且慷慨激昂，在行进中，唱着当年的“高虎脑战斗胜利歌！”

“发扬高虎脑顽强抗战的精神！”

“发扬东方战线上猛打猛冲猛追的精神！“

一边高喊，一边谈笑，把人们的思想，都牵到江西革命根据地去了！

昨天下午，先遣营兵临桐梓城下，夜间友军赶到，拂晓占领桐梓。桐梓到娄山关三十里，娄山关下山到板桥四十里，板桥到遵义八十里。为了夺取遵义，已经说过娄山关是个唯一的要点。

共产党员和青年团员们立即在连队中活动起来！

“同志们！为了夺取遵义，必定占领娄山关！”

“不要忘了我们十三团过去的光荣呵！王家烈比得上十九路军吗?”

“鸦片烟鬼王家烈，领教过了！”众人嘻嘻哈哈地仍然在谈笑着。

特别是活泼健壮的青年团员，短小锋利的警句刺着红色战士们的心：

“潇水渡过去了，湘江走过了！乌江飞过了！苗岭爬过了！一个娄山关，同志们，飞不过吗？同志们，难道飞不过吗？”

“飞过去哟！闯过去哟！”一连人传过一连人的回答。大家好像已经都生了翅膀。

“猛打猛冲猛追呀！”

“多缴枪炮，多捉俘虏呀！”

大马路上，浩浩荡荡，人声鼎沸，这是向着娄山关的进行曲。

忽然娄山关方向来了几个老百姓，大家互相问询：娄山关有没有白军？有多少呢？

他们连声的回答：“有，有，有！娄山关的来了，往桐梓来了，板桥住满了，说是还有一个师长。你们来的好，你们来的好！”带着慌张去了。

立即，挨次传下来：“快走！后面快走！一个跟一个！”这是历史上的习惯，将要接近敌人了，即使没有命令，大家自动地互相催促着，两条腿也自然而然地轻快起来了。几千只眼睛，远远地望着娄山关上尖尖的山，朵朵的云，云裹着山，山戳破了云。一幅将要作为战场的图画呵！

第二次又传下来是：“不要讲话，肃静！”这才是正式命令。立刻无声，一列没有声息的火车继续向前奔跑。众人这时仅仅一条心准备战斗！

离娄山关十里路的地方，在山上，远远地送来一声既清又脆的子弹声，接着又是一声，接着了……接下去了，这明明是敌人了。

预期的遭遇战斗，是要夺取先机的。一向以敏捷迅速的第三营飞奔左翼的高山，并不费事就抢了敌人企图占领的制高点。红色战士们在轻重机关枪火网之下钻到敌人的侧翼，光亮耀眼的刺刀，在敌人阵前像几千支箭飞过去了。

山脚下是团的主力，在不顾一切地沿着马路跑步前进。指挥阵地的前进号音，冲锋号音，挥动着战士们努力抢关。

途中由俘虏口里知道敌人的主力昨夜赶到板桥宿营，两个团伸出娄山关，其中之一个团又由娄山关向桐梓城前进，一个团巩固了娄山关的阵地，正是午后三点钟的时候。

在地形上说，我们是不利的，娄山关给敌人抢到手了，而且有一个团在固守着。他另一个与我们接触的团虽然向后转了，然而每一个山头都成了他顽抗的阵地。为要抢关，就不得不“仰攻”了，更何况我们主力还在桐梓未来呢。

“无论如何要夺取娄山关！”这是自高级首长以至普通的战斗员全体一致的意志。

右翼的山，一律是悬崖绝壁；中间马路，敌人火力封锁了；左翼的山，虽然无路，然而还可以爬。先派一个坚强而又机动的连，由最左翼迂回到娄山关之敌的侧右背，主力则夺取可以瞰制娄山关的点金山。点金山之高、之尖、之陡、之大、之不易攀登，是足以使敌人恃而无恐的。

限黄昏前后夺下娄山关！这是命令，也是全体红色健儿的意志！抢山，夺下点金山，这一艰巨的任务给了第一营。

第一梯队进入冲锋出发地，第二梯队在不远的隐蔽地集结，火力队位置于指挥阵地中对着敌人猛烈射击。冲锋信号发出了，喊声如雷，向着敌人的阵地扑过去，一阵猛烈的手榴弹，在烟尘蔽天一片杀声中夺得了点金山。

登临点金山顶，可以四望群山，娄山关口，也清楚地摆在眼前，敌人一堆一堆地在关的附近各要点加修工事。娄山关，虽然不远，然而仍须翻过两个山头，而这两个山头上，都被敌人占据着。机关枪连续地向着我们射击，这是敌人最后挣扎的地方了。

将近黄昏，加以微雨，点金山的英雄们并未歇气就冲下去。疲乏、饥饿控制着每一个人，然而并未减少他们的勇气。在团的首长直接领导之下，组织了冲锋，配备了火力。一阵猛烈射击，一个跑步，敌人后退了。但不等你稳固地占领这一阵地，他们呐喊着又反攻回来了，阵地又被敌人所恢复。第二次、第三次、第四次，终究不能奏效。大家看得清楚，有一军官，在后头督队（以后俘虏说是个旅长），他的士兵垮下了，又被他督上来。他异常坚决，马鞭子赶，马刀砍，士兵们只得垂头丧气地跑回来。

“弟兄们，打死压迫你们的官长啊！”

“白军士兵们，你们拼命，为的哪个呢？看你们的官长，再看看你们自己！”

红色战士们于冲锋之后休息的空隙，向着白军弟兄们喊话。

“打死他，特等射手！”指挥员的命令。于是集合了四五个特等射手，集中向着那位官长瞄准。一声“瞄准——放！”军官倒了。冲锋部队乘机冲上去。敌人好像竹竿之下的鸭子，呼哈呼哈地滚下去了。

娄山关的整个敌人，因之动摇，自取捷径各自逃去。

娄山关占领了！娄山关是我们的了！

# 四、长　追

这时主力在桐梓，一部在桐梓和娄山关之间。由于电话不通，午夜，他们才得到占领娄山关的消息。

因为关上没有房子，而且落雨，所以留了一个营，对通遵义大道四十里的板桥警戒，主力在娄山关下的八九里处，靠着桐梓方向宿了营。

次日拂晓，大雾，对面不见人。睡梦中听到娄山关上密密的枪声。传令起床，刚要吃饭，娄山关警戒部队报告，敌人以密集部队沿大马路向我反攻，军士哨被敌占领，小哨在危急中。饭后集合将毕，又是一个报告，小哨失了，敌人逼上了娄山关口，那里只的我们两个连！

还是昨日建立功绩的第三营，口头命令他们去增援："跑步！同志们！正是消灭敌人的机会！"

沉重的脚步声，嚓嚓的刺刀声，夹着战士们的喘气声，争先恐后地跑向娄山关增援第一营。面前的枪声越密，他们的腿跑得越快。途中遇见了负伤下山的战士们，简单地报告他们关上的情况，而且上气不接下气地："快呀！快呀！敌人快要到关上了！"

那是板桥来的敌人，企图恢复娄山关。以其最精锐的第四团，集团冲锋，火力之强，人扑打之猛，使你不相信那会是王家烈的部队。

第一营——他们辛苦了一夜，看到第三营——生力军赶来了，更加沉着应战。第三营汗透了衣裳，紧张了面皮，在第一营的举手狂呼声中，居高临下投入冲锋了！大雾弥漫，枪刀并举，便是所谓精锐的第四团吧，怎么能拦得住呢？没有流血的，只有向后跑。第一营架了机关枪，对着背后一阵扫射。似乎并不麻烦，一齐倒地了。鲜血流入于马路两旁的沟里头。

然而这并不足以警戒敌人的官长，敌人组织了第六次冲锋，轻重机关枪是抬着前进，手榴弹是由大个子投，红色战士向他们摆手："来哟，欢迎你们上来哟！"等敌人刚刚接近于手榴弹投掷距离以内，并列的手榴弹一齐抛下去！翼侧飞出了出击部队。震天动地的杀声中，死尸堆高了，小河沟里变成了红流。"好啊，请你们再来试试哟！""第二个高虎脑啊！"

突然从敌人阵地跑过来三个士兵，背着枪举着双手，表示投降的姿态。战士们热烈地欢迎。其中有个年青的抢着首先说："我是六军团的司号员（即号兵），经过青水江时有病掉了队，叫王家烈捉住了，在连上补了名，前天从遵义开来打你们，我听了十分欢喜，今天带他们（手指其余二人）过来了。"

人们听他说是六军团的，说不出的高兴，更加倍地亲热起来，争着上前牵着手，问长问短，连打仗都忘记了。那个司号员周旋一下之后说了："他们跑了！跑得快得不得了！打死好多，丢了更多的伤兵，你们还不赶快的追！"

同一个早晨，敌人的主力三个团，由板桥出发，企图迂回侧击娄山关的左侧背，倘若奏效，娄山关必然不保。正是娄山关正面我们的第一营与敌人的第四团来回打得火热的时候，左侧翼发觉枪声了，听去约有十多里远，浓雾未开，只听响声，不见队伍，正因如此，所以更着急。

军团首长的决心：以十二团接替十三团第一、三两营的任务，配合左侧主力消灭板桥之敌。军团主力——十三团、十团，出左翼，迎击板桥来敌，十一团从中央冲出去。

第十团、十二团、十一团他们昨未赶到，胜利只给友军获得，早已摩拳擦掌了。真是所谓"黄河之水天上来"。隐约发现了敌人向山上爬来。战士们万马奔腾，英勇地冲下去。你想，敌人来势虽猛，如何挡得住这一下？于是像池中的鸭子，乱竿打下，只有拖泥带水，边飞边跑，“仍从旧路归”了。那走投无路的，索性坐下，缴枪是最好的办法。战士们立即分出追击队、截击队、缴枪队、安慰俘虏的宣传队。黄昏以前到了板桥，俘虏们恭恭敬敬地排在马路边的坪上。稍息之后实行长追。

夜间，没有秩序的队伍，摆在马路上，活像发了大水的河，前呼后流，向遵义行进。虽然打了一天的仗，翻了一天的山，而且又要走夜路，可是并没有谁觉得疲劳，胜利的欢喜，挂在人们的面上。马路两边的山谷里，反应着歌声、吼声、笑声，前后左右，绞在一起，成了一窝蜂。人们简直疯了。

## 五、会战十字坡

梦中，电话铃声叫醒了。那是军团邓参谋长的话：

“昨天娄山关被我击溃之敌是六、四、二十五、十六，共四个团，残部连夜退回遵义。据说遵义城南有第一团及第三团。

“我军跟踪追击，以占领遵义为目的。你们立即起床、吃饭、出发。

“十一团为前卫，你们随后跟进……。”

黑夜行军，众人肃静些了，天刚见光，就又不太平起来，又是议论纷纷。前卫十一团，都恨没长翅膀，拼着两条腿，跑啊，追啊！张着大口，准备吞下敌人。经过敌人昨夜休息的村庄，是那样的不成样子，狼狈的景儿，又好笑，又好气。

一带短山横断了马路，山上摆着敌人，而且还响着枪，十一团的首长估计是敌人的掩护队。“这不一口吞下去？”两个营还没展开，先头营就冲上去了，然而敌人不打算走。

“你总会跑的吧！”大家这样想。集结两个营，又冲上去，然而敌人依然如故，而且轻重机关枪更猛烈了。终于因为后续部队赶不及，敌人乘机反冲锋。因为过于狠心了，张政委一个人跑到最前面的连里，敌人一个营实行反冲锋，这个连寡不敌众，又无地形利用，于是坍下来了。落在后尾的张政委不得不打手枪，边打边退，敌人是边打边进。

当他们前进的时候，一个青年战士同他的哥哥并行着。半路上他的哥哥被一颗子弹打死了，他并不回顾一下，仍然奋勇前进。现在退回时，张政委回头又看见那个青年战士跟在后头。敌人紧紧追来，大喊："小赤匪不要跑，捉住你！"大概是想"生擒"吧？我们的青年战士从从容容地一边夹着短马枪，一边闪一闪身回答说："你来呀，你捉我的 ××！"

可爱呀，我们的坚决的沉着的红色青年！

## 六、遵义终于拿下来了

探报，敌人薛岳所部的周浑元、吴奇伟两纵队已渡乌江，明天或者后天，有到达遵义的可能。在他们到达遵义之先，占领遵义是目前迫切的任务。高级首长，面带焦急而又坚毅之色，决定夜间攻城。

那天下午，在十一团担任的一面，战士们接近城墙了，城里无动静，隔几分钟放一冷枪。大家好奇心胜，来一个"冒险的尝试"。架起人梯一个挨一个爬进城去。在城外的，万目睽睽，提心吊胆地看他们。不久，又一个挨一个地爬出来了。原来里面还有一道更高的城墙。

黄昏以后，遵义的新、旧两个城顿时改了面目，变了态度，既无光又无声，活像一座荒城，间或听到一声冷枪。

攻城部队决定为十三团、十二团。天气黑得很，对面看不见人。

两团各派出两个连为爬城队，后头的接着前头的衣襟，一条蛇似的蜿蜒着，依照白天指北针对正的方向摸向城边来。

突然间一阵猛烈的枪声，夹杂着吼声，既没看见预先约定的信号枪弹，又没有看见放火，究竟进去了没有？大家在黑暗中望着。

原来首先进去了一个排，敌人于黑夜之间，不晓得来了多少人马，何况又都是惊弓之鸟呢？于是措手不及，有的找了暗处换了便衣，有的沿着走熟了的出城门的街道挤出去了。偌大一座城，继续进去两个连，简直不中用，而后续部队又联络不到。大家只得摆一个“麻雀阵”，东两西三，一堆一堆地对着敌人退却部队黑暗中射击。只听见敌人慌张的脚步声，相撞之下抛弃的辎重声，继续三四个钟头。天将拂晓，红军的大队进城了，白军的尾子还没有完全离开城门口哩！

遵义终于拿下了，那是一九三五年三月的事。

雪　枫

# 说太原

说到“太原”二字，人们总会给它一个注意吧？这注意，也许不及对于“西安”二字来得更集中目光些，然而其中含蓄的意义，是比对“西安”注意更为重大的。可不是，太原现在是“剿匪”的枢纽了啊！现在就来谈谈太原。

这是第一次到太原。从前我总以为太原的情形也不过在济南、开封、西安等左右之间吧，即或相差，也不会“天上地下”的，然而不。

譬如说话就给人以第一个不同的印象。一下车，钻进客栈里，劈头来一个大高个儿茶房从鼻子里哼出两句话，既不干又不脆，然后直着眼睛瞪着我，看神气是极待我的答复的，然而我不懂。惭愧，仅能回他三个字：“我——不——懂。”

于是，那两句又被他照样重复了，腔调如故，不过声音放高了。有什么办法呢？——“——更——不懂？”他失望的走了之后，我不禁摇头自叹曰：“不好办，不好办。”

还有坐车——自然是人力车了——电车根本没有。至于汽车，车头上尽是挂着“山西自用”的磁牌子——人力车之多，之苦，倒还不亚陕汴，可是招揽生意的法儿可不大相同，十有八九，几乎个个碰到行人总是：“坐车——嘟！”要不就：“车——嘟！”那个“嘟”，短而急而高，话里多少包含着命令，轻薄，冷淡——其实是愚笨的“味儿”。你看人家北平，“车，先生！”多么温和有礼！你看人家天津，

“胶皮，你哪！”多么清脆响亮！不过话又说回来了，拿力气换钱，又何必巴结客气呢？

话虽如此说，但在太原你就看不见“××眼药”、“味××”之类的刺人眼睛的广告，你就少看见红花绿叶招摇过市的小姐。街道虽然不宽，可是并不紧张，车马虽然不少，可是并不繁嚣。晚饭之后，大街之上，按步就班地悠然徘徊，怡然神往。沉静、朴厚，使你不得不把北平和太原拉在一堆儿来“品味儿”。像西安，那“张狂”“繁杂”总叫人起一种不快之感！所以我说：西安是上海的缩小，北平算是太原的扩大吧。

太原，可没有像北平那样多“溜达”的地方，然而有个“开化市场”，进去出来，总得花你四十来分钟。书摊多，光是些“京调大观”之类的东西，这一条自然比不上东安市场。然而，这里有个“觉民派报社”。闲来无事，拐几个弯儿，抹几个角儿，身不由己，总是进了觉民派报社。那里有新出的杂志、刊物、画报，供你“过瘾”。临走时毛儿八分的买本杂志，于是胜利的回家了。可惜在太原就“只此一家”。余如某馆某局等等，那些书以及那些职员，多半是面孔板起，让你亲近不得的。

倘若你有闲功夫的话，可以到文庙，进图书馆去，一不要钱，二不验票，既可逛庙，又可看书，还可大吸新鲜空气。那里你可以大着胆儿左来右往，因为那是“文化区”！——我叫它文化区，是因为山西大学、三晋中学、法政学院、并州学院、商业专科、农业专科、太原女师，尚志、导德、崇实小学，文庙、图书馆、民众教育馆等等，都挤在那一块儿——那东南角。

有了文化区，应当来个“商业区”，算是红市街、桥头街、按司门、柳巷那一块儿吧。至于“精营”，才是实实在在的“居民区”呢。

“晋祠”那地方，多么迷人！所以老早就定了个计划，等到春暖花开之日，惠风和畅之时，夹床毯子，背包水果，来一个远足旅行，在那里住上它三天两宿，啊呀，那才神气十足哩！

1937 年 2 月 9 日

《世界日报》第 11 版，1937 年 2 月 9 日、10 日

# 挽王雨琴

童年多敏感，几经谆诱，居然顿悟，不愧我党优秀分子；

斗志犹未酬，“出发之前”①，竟成永诀，又弱吾军健儿一员。

1939 年 10 月 16 日

① 《出发之前》是王雨琴生前参排的一个剧目。王雨琴，河南省杞县人，拂晓剧团较早一批女团员之一。1939 年 10 月 5 日病逝，不满 16 岁 。

# 家　书

# 一九四一年

## 一

林颖同志[1]：

事情或者过于突然，但敌后两年我们是在相互了解着的，所以又不见得如何突然。由于子久、瑞龙两同志的美意，使我们得有通信的机会。

我想，你对我也许比我对你了解的更多一些，因为那是党的生活使然，然也许双方了解得一样，那也是党的生活使然。

既然是“终身大事”，必然要格外慎重，正因为如此，我已经慎重了十年了。我心中的同志，她的党性，品格和才能，应当是纯洁，忠诚，坚定而又豪爽，军人究竟还是军人，我的军衣已经穿了十八年了。

我是一个十分平凡的共产党员，有许多缺点，很需要一位超过同志关系的同志，更多的了解我，才能更多的帮助我。也才能更多的相互帮助。

有时间，我们需要长谈，但为了先使我了解得更多一些，盼望你能抽暇写信给我。

---

① 这是彭雪枫写给妻子林颖的第一封信。

要写的话很多，会晤时详谈吧。

此致

敬礼！

顺祝

健康！

彭雪枫　1941 年 9 月 4 日

## 二

林颖同志：

昨夜月色皎洁，正开着会，接到你的信！怎么读下去呢？那样靠得近的好几个同志，而会又开得那样长，二时半才散了会，读了你的信，三时就寝，左右睡不着，翻了几个身，司号员已经打号音了，于是只好起床，到河边去了。我想了许多问题。

我觉得你的战术布置得很周到很老练，各方面都顾到了，你费了心血！我是如何的同情你！我永远记着你的话："抱着坚定的胜利的信心！"相信，我们的胜利信心是坚定的，是不可拔的！是任何煽动都动摇不了的。

9 月，这月份对于我有特别意义，是我生平过程中的转捩点，阴历的八月初二（往往是在阳历的九月）是我的生日（不必为外人道），1926 年的 9 月 2 日是我由当时的青年团转入党的日子，1930 年的 9 月我们从长沙入江西开始建立苏维埃，而 1941 年的 9 月呢，终身大事得以决定了！这叫作"巧合"吧，我总以为我还是一个小孩子。

我完全同意你所提的意见，盼望你"运用之妙存乎一心"，按部就班逐一实现，事在人为，“有志者事竟成”，鼓励你加倍努力，但我并不急躁，虽然总想见到你而一吐肺腑。至于结婚的日子，一概听从你的决定，正如你所说的我们不能像一些人那样单纯的为了“性的问题”，我知道你不是那样的女子，你也知道我不是那样的男子，否则，已经不是今日的你我了——有许多人追求过我，你不知道，也有许多人追求过你，我知道，我多少的知道。我想，我俩是为了党的事业，为了革命的伟大的爱！相互帮助，相互鼓励，相互安慰，使我们的事业更前进些更收获大些，这应当是我们的神圣的目标，有了你，我足以自豪了！

至于对 ×× 同志，你必须与之保持着同志间的友谊，安慰他，劝勉他，那收场会比我们所想象的好得多。

说到去淮南学习，我是同意的，这必得请示区党委，这是你的组织系统的事，我不应也不能干涉你，不过，淮南有否合适的学习场合？在淮北有否以另一种学习制度来代替？都要严密加以考虑才好，要是仅仅的为着“切断”，那倒似乎不必小题大做，在私情上说，我不愿意你去，诚恳的不愿意你去！尤其是在今天！至于恐怕“被发觉”，我想那是在乎我们的“艺术”了，不常见面是可以的呀，只要能常通信！淮南，那么遥远，有多末不方便！多么急人哪！最好在区党委，子久、瑞龙都可以帮助你学习，他们都是很器重很爱护你的，我们的事，可以不声不响，我能够遵照你的嘱咐。即使是有了风传，又有什么呢？话总会有人说的，何况这里，还可请二刘甚至希凌，为我们撮合，或者预先透出一点意见给希凌，那自然会没大问题了，但这事必须过细考虑，综以使事情平淡过去，不给人以更大刺激为妙，你以为然否？你听我的话吗？这只是一个建议。

数日以来，我的心情是从来没有过这样的，简直异乎寻常了！我想到我们的现在和将来，我们的事业，我们的远景！祝福你！

书，我这里有几本，不知道你喜欢看那一种？先送上《列宁传》一册，《什么是列宁主义》一册，你先看，这里的书半年之内你是读不完的，只要你有功夫。

笔，手头没有，机要科已经到远远的地方买去了，回来了可以挤一支送你。没有笔是急人的呀。

另送上自由日记一本，那是恰巧今天人家送我的，外稿纸若干张、信纸若干张。

我的想象中，你的信，雪片般的飞来！

祝你

平安！

雪枫　9月6日午后3时于半城

明天的妇女干部会，子久要我作政治报告，真是难题，特别在这个时候，恐怕要交白卷了。

## 三

楠[①]：

决心是果断的具体表现，我俩应为我们的前途庆幸！方式虽由于“介绍”，然而“爱”乃是由同志关系，政治条件，工作利益，双方前途，特别是性格与品质相互印象诸复杂因素而自然促成的，而逐渐浓厚起来的。尤其是在击破困难，排除波折之过程中而更会浓厚

① 即林颖。

起来的！倘若“轻易”而成，当不会事后回味之深长吧？比如我们的事业，要不经过艰难缔造的奋斗过程，那么巩固和壮大的程度当不如我们愿望的那样伟大吧。当然，一种小资产阶级的恋爱观，是另一种——花前月下卿卿我我，这究竟是小资产阶级的呀！无产阶级先锋队则不然，这首先建立在政治上，工作上，性情上和品格上，自然同样也有花前月下，然而已经不是卿卿我我了，而是花前谈心，月下互勉，为了工作，为了事业，为了双方的前途！你同意我的话吗？我想同意的吧？因为你已经在做着了。

我郑重提出：双方对对方的希望上，千万不要“过奢”，尤其是在今天，在初恋、在恋爱定局之初期，俗话说：情人眼里出西施，一般人对他的爱人，是不容易看到缺点的，所以在起初，感情无限好，但日久天长，弱点逐渐暴露，情感就会淡了，因为这里头没有辩证的观察问题，更没有辩证的认识问题，当然也不会有正确的方法去解决问题了。人都有其优良的一面和缺陷的一面的，两面相照，发展其优良的一面，同时又要扬弃其缺陷的一面，主要靠自己，同时靠他人，只要对方在基本上是可爱的，是值得可爱的，那就够了，把功夫用在相互帮助，相互教育，相互鼓励上，这是我党对待同志的态度，也是恋爱双方互相对待的态度。倘若能够这样，则双方情感不仅不会越来越淡，相反必会越来越浓，以至白头偕老的。古人说：君子之交淡如水，然后才能永才能长，夫妇相敬如宾，然后也才能永才能长！这里头包含着“哲理”的，你品品它的滋味。

在上述基本观点和基本态度之下，我们相爱了，这种爱才是最正当最伟大，最神圣的！同时也必能是最坚持，最永久的！

所以，你对我的认识和了解，我知道乃是基于政治党性品格，而不是什么地位，地位算什么东西呢？同时，要求你，你必须还要了解我的另一面，急躁，激动，工作方式方法上之不够老练，对人对物有时过于尖锐，使人难堪，对干部有时态度过于严肃，加上某些场合下的不耐烦，使人拘束，涵养不到家，这一切都是我自己实行自我批判自我斗争，而同时请求你在更接近更了解的情况下帮助我去纠正的。对于你，聪明，豪爽，忠诚，多情，不怕危险困难而忠于党，这是好的一面，优良的一面，可是在另外的一面，高傲，虚荣心，——像你所说的，再加上还欠切实，正是你的缺点，却需要你来努力克服的，倘若有了彻底认识，克服虽然必须一个过程，相信是会收到完满成果的。

我希望你的（虽然你已经在作着）是：

（一）加强自己思想意识上的锻炼，你的家庭生活环境熏陶着你，带来了非无产阶级的某些意识，在党对你不断的教育中，特别是在敌后两年烽火的斗争中，已经锻炼的使你更坚强起来了，然而进步是无止境的，还需要加倍努力！最近党中央关于增强党性的指示，是我党自有历史以来最有意义最有教育价值的文献之一，你必熟读，妥为笔记，而主要还依靠于左右同志们的相互坦白检讨，区党委会有具体指示，如何去检讨的，特别应当参考着洛甫[①]的《论待人接物》那篇文章，胡服[②]同志《论共产党员修养》小册子，这对于我辈为人为党员为一个革命家，有着决定的作用的。

（二）留心政治，养成对政治的浓厚兴趣，一切应由政治观点上去观察问题，政治是任何一种工作职业的同志所必须具备的，理论修养之外，尤须注意政治形势，根据形势布置工作，分析形势推动形势改变形势，要多多的经常的在这方面用心下功夫啊！报纸电讯不应该放过一个字，一条新闻不能单纯看作一件新闻，而应分析他的实质。

---

① 即张闻天。

② 即刘少奇。

先从近处作起，渐而至于国际形势，抱定志向，做一个最实际的政治工作者，有修养的政治工作者。

（三）待人接物上，不要过于锋芒外露，大方之中含有腼腆，我始终没有忘记过一次毛主席在我外出进行统战工作时临别叮嘱的一句话："对人诚恳是不会失败的！"这句话今天拿来送给你，共同勉励吧。我总在惦记着 × 和 ×，特别是 ×，你今后对他的态度应该格外慎重，保持着同志的友谊，丝毫显不出所谓"裂痕"，使对方自觉的了解这是不得已的不得已，没有法子的事呀！应当不要忘记对他的安慰。同时又必须估计到，他是不会马上对你完全谅解的，即如一般女同志，特别是那些对你有了成见的人，在她们一闻风声之后，必有一番冷言冷语，一定有的，比如什么首长路线，诸如此类，你必须格外冷静，特别持重，不动声色，若无事然。即便是我，难道就保证无人说闲话么？不会的，我已经准备着"以不变应万变"了！凡是这样的事，首先还是决定于自己，像瑞龙同志所说的。忍耐些吧，一个风潮之后，就会逐渐平息的，注意我们的态度，我们的语言，我们的待人接物。更谦逊些，更诚恳些，更大方些，更刻苦努力些！

（四）工作，越下层越好锻炼，越深入越能具体了解，也就越能正确解决问题，越能建立信仰，女子生下来长大了是革命的，是工作的，是为大众谋利益的，而不是为的什么单纯性的问题，女子应有其独立的人格，更应有其培养独立人格的场合和环境，即便结婚了之后，我还是主张你应有你的独立的工作环境，我无权干涉你，也不会干涉你。

（五）你写得很好，你应该努力学习写作，记日记，写文章，把材料系统的组织起来写在纸上，这就是文章，要具体材料，不要空洞说理，要提高文化水平，要加强理论修养，你还年轻，我希望你工作之外，又是作家，必会有一天，你是一个帮助我写作有力助手！

亲爱的同志！一切美满的愿望，都是建立在政治理智情感热心努力互助互谅之上的！

保重你的身体！

送上社会科学基础教程一本

枫　9月14日

## 四

楠：

柏林长叙，永远在回忆中新鲜着！回后，泊生[①]与邓吴谈，邓政委[②]吴主任[③]等强作主张，硬下决心，在明天举行婚礼，而且多方面的安排好了，据说相当铺张，事后告诉我，我有什么法子呢？他们的盛情隆谊不可却啊！所以我只好没有表示。算作“默认”吧！不过我想，风声既已闹出去了，还是一不做二不休吧，免得笑言笑语，使人不大好受。

明天是要听一些话的，我嘱咐你或者特别是我，要更大方些，更镇静些！对每个同志的态度要更和蔼更亲密些，我知道你会做的比我更好，不过还是嘱咐一下，楠是一个善于应付环境的人，我要向你学习。

泊生是过来人，是一个熟练的水手，一切可以向他领教啊！乘他来张塘之便，特付数语如上。

---

① 即任泊生，时任新四军第四师政治部联络部长。

② 即邓子恢，时任四师政委。

③ 即吴芝圃，时任四师政治部主任。

祝你

愉快恬静！

红叶[1]　23日15时半城

## 五

颖：

别离才仅三天，好像已经三月了，这一形容并不过火，理智排除情感，总是一件需要斗争的事，何况是在24日之后，又何况是在长夜倾谈而话才吐出了千分之一的以后呢！？我不愿写出这种情思，生怕引动你的更加浓厚的惦念之情，然而事实如此，叫我有什么法子呢？人们说我是个感情丰富的人，过去可以压得下，近来有点异样了，一个人的影子，自早至晚怎么样也排遣不开！外人知道了，真是有些好笑！

自你走后，一般公论是：（一）太理制（智）了，（二）太突然了，为什么不过三天呢？（三）双方离开是对的，然而也应该在“蜜月”之后，（四）离开是好的，就是太远了，（五）究竟不出众人所料堪为模范，（六）过一时期还是离近一点好，这样才能使双方更易于了解，感情才更易于染浓。

虽然时间只有那样短，但军中人对你的评论是：（一）大方，（二）比我还要大方，（三）豪爽，（四）精明有能力，（五）有发展前途，（六）结婚易使女方堕落消沉下去，然亦易使女方以及双方精神焕发勇于前进而更有利于自己的进步与发展，（七）才德貌是恰如

① 即彭雪枫。

人意的，但能否不因与我结合而即高傲起来呢？而即放松于待人接物的注意了呢？

一般同志和朋友对于我俩的希望（几乎有其一致性）是（一）不要过于亲近，比如说你到军队工作，也不要过于疏远，比如说你到淮宝长住。（二）你更须有计划的学习，我更须有计划的帮助你学习。（三）应当在下层锻炼，更应“切实”的去对付工作。（四）各应自爱而后始能互爱，各应自重而后始能互重。（五）生活美满不在于物质，而在于互相之间的敬爱与慰勉。

有一个朋友，郑重其事的鼓励我，他说：人们在双方相爱以至于结婚之后，精力气魄是充足饱满的，倘是诗人必得佳作，倘是音乐家必得妙曲，倘是理论家必得美论，像列宁在结婚之后所著的《历史的唯物论与经验批判论》即是结婚之后献给他的夫人的。像我——一个军人，除去指挥战斗获得胜利以外，必须写一篇或者写一本关于军事论文而又要浓厚的辩证法式的去写，这是一个极有意义和极有价值的纪念！即以此来献给你。这话使我兴奋而又惭愧！我对他说，我是心有余而力不足，可是我万分赞同他的提议。自己常常打算写一点如意的东西出来，可是不是无时间便是无心情！我想我应该努力了，请你给我勇气！

几天以来，取笑的或正正经经的谈着你我的，以及远处写信来的颇为不少，给我个人的用我的名义答复了，写给我俩的用我俩的名义答复了，其中有两封须要送你过目的，一是送礼物的，没什么，一是严肃的劝导的，我认为很对，特别付封送来，并将我的复函抄之如下：“郑平同志：大示读悉，金石之言，感人至深！自当铭诸座右，以求不忘。并盼时赐佳言，以作明镜，相信我等必能听从，执行到底，而不给人以口实也。颖已于昨日东渡淮宝，从此各在本人工作岗位上努力为党的事业而斗争，以期不负老友之殷望，并以之答复爱护之热忧！特此敬复。雪枫林颖 9 月 27 日”。给高的信是：“高峰同志：大示及莲藕二百斤如数收到，隆情盛谊，何胜激感？尔后益当努力为党奋斗，以副多年战友之雅望！雪枫林颖 27 日”。

数日以来，月色如画，惟少一月下谈心的你，可谓辜负良夜太甚！此情此景此事，何日才能到来呢！？你有同感没有？比如今夜——29 日，你在做什么呢？不见你的信，难见你的信！然而我又知道你是昨天才到的淮宝，何忍责备你呢？真是矛盾！

三日湖上生活，看了不少的书，或者写了不少的东西吧？那个朋友的写东西的建议，你认为好不好？倘若好，我们共同努力不好么？像你说的，把这回事以及所牵涉的人物，微妙的描写出来，那应该是多么生动优美啊！

淮宝工作环境如何？一般人对你印象和态度如何？前以话多，未曾问及，有暇请你告诉我。南方人到了适于南方生活习惯的地方，更要小心些，我总在担心你的健康，尤其是你对于健康的漫不经心的态度，万不应以为身体健壮，而即疏忽了对自己的珍重！

我近来，除去情调上有些异样之外，生活如常，身体如常，健康之珍重亦比你注意些，请你放心。不过，较前稍为忙了些，过几天要出去侦察地形了，倘若敌情无大变化，我打算带上拂晓剧团到五旅和九旅去，看看队伍，给干部和部队讲讲话演演戏，每见战士，常常使我振奋！他们是可敬可爱的！计划如果实现，恐怕要费一月的时间，如能转到淮宝，那自然好，然而又虑到一个“人言可畏”，不管他，到时看“机遇”的发展形势而定。“千言万语总不尽”，何处何时才是我们畅所欲言的境遇呢？

努力你的工作，埋头读你的书，坚持记你的笔记和记你的日记。请不要过于惦念我，饮食起居我是会注意的。

不要忘了别时的叮咛啊！更不要忘了给你的信上的建议啊！自

己爱护，人家才更加爱护！

相片洗出来了，照得还不错，不过有几张照重了，你的单人像也在内，真是憾事！只有将来再照吧。因为到九旅取晒像纸未归，故先洗印这几张，送你看，大家都说合照的较大的那张好，特为签上字，送你的知心的朋友，但我不希望随便送，一定是较为合得来的所谓“知己”。（送来九张）

纸短言长，夜深人静，下次再写吧，是谁先给谁写呢？记着我们的时间，也许此刻现在，你同样在握笔疾书吧？

祝你

愉快！

枫　9月29日夜1时23分于半城众人入梦时

## 六

颖：

28日晚在岔河写的信，由十一旅的侦察参谋带来，才从张塘回来看到了！我十分欣慰！知道你已平安到达，而且就要开始工作了。前托雷明同志带上一信，内附相片九张谅已收到，本晨又托滕、孔带一便条，主要是催你迅给丁写信的，大概总会先此信而入目吧？总在惦念着你！

区党委的县书活动分子会，我去作了政治报告之后，围拢一群女同志，争说要“请客”，简直使人无法应付，她们今天不害怕我了，人真是奇怪！我猜想你一定也同样的被拉扯着吧？这是一种什么心理呢？任谁见了，总是首先看看脸色，接着就是一笑，这两天我已采取攻势了。

离中秋节只有三天了，“平湖秋月”良辰美景，能不使人感慨？邓政委向众人说，接林颖回来过中秋吧！“无言”是我的答复，其实，谁个不愿意呢？你又该说我“没有意见”了吧？唉，人情之常啊！你想得到我们下次见面是在湖东还是在湖西呢？或者是在湖上吧？我祈望着！

亲爱的颖，党的同志！请你加强“信心”吧！我绝对不会主动的调你到师部来，爱护我俩的朋友们，同样不主张你来师部，但有人说，离得太远了不大好，最好是到张塘，告诉你，我都“没有意见”，听天命尽人事吧。我在这个问题上，无论如何总要尊重你的意见，不过只有一种希望，每月见一次面而已。这样会使我们更了解，话会谈得更多些呀。你的学习计划以及你的愿望，我十二分赞同，并愿尽一切力量协助你！“坚强而忠实的布尔什维克伴侣”！永远的亲密的伴侣！祝你胜利，祝你健康，祝你我幸福！一切为着党的事业！

最近国际形势无大变化，惟基辅失守，使德苏战争更入于严重阶段，但英美苏三国会议刻正在莫斯科举行，中心内容是如何援苏？美国实际上等于参战了。湘北战事很激烈，南京广播长沙失守说，重庆尚否认，蒋为使各战区协同计，已定在平汉陇海淮南津浦诸路发动游击攻势，当然一有便他会东进的，所以我们应即加紧战争准备，但敌对津浦封锁较严，路东不比路西了，不管在哪一方面。

剪了几页伪报，可供参考，特附封寄上，便中入览。

梦中也还念道着你的长信飞来！

好好的应付环境，珍重身体！

枫　10月3日晨2时25分夜深时

# 七

群[1]：

托十一旅侦察参谋带上一函，附剪报数张，谅已入览，惟三日来未见消息，不胜念念！

日军于占领长沙被击退后，复在豫东发动攻势，藉以挽回“面子”，三日之间即渡过新黄河，于本日拂晓占领郑州矣！中央军之第四集团军，第三（孙桐萱）第十五（刘茂恩）集团军均被击溃。估计敌有打通平汉线，威胁洛阳之可能，刻战事正在开展中。反共军东进声浪正高时，遭此巨变，当可回思今春敌大扫荡中原时之滋味。又据我游击支队电：宿县之敌本日分蕲县、胡沟、南平、临焕四路南下扫荡涡河沿岸之李马两部，各该部则因守涡河不敢出去。宿南敌之进军当为协同郑州之敌以牵制李汤等部之增援者，战局发展，未可逆料，惟给反共军以打击则为事实，中央曾云：民族矛盾仍超于阶级矛盾，故敌顽矛盾仍为中心，此不待强调而后知，反共军之东进，终必不待我打而先碰钉子也！

据报淮宝反动派近日颇为活跃，反动标语不时发现，阴谋行为层出不穷，三星期前我某女工作员曾在朱坝之南八里处被暗杀！此事你知悉否？除已函十一旅锄奸股及淮宝保安处努力侦缉外，对你之行动甚不放心！根据一般之所谓“习惯”论，你已不同于9月24日之前，众目注视，当为意中事，故每于下乡工作之际，应十分谨慎，注意警戒，以不远离军政机关为妙，藉防不测，至嘱至嘱！是盼是盼！

读书计划进行否？日记照常否？文章写作否？中央关于调查研

① 林颖原名裕群。

究之指示，希详为阅读，该指示为拯救“不切实”之良剂，对你亦有益处，万不可等闲视之。

如能将生活状况详为函告则佳甚！

明日即为中秋节，不见裕群，如良夜何！

此祝

努力

红叶　10月4日，亦即古历8月14日夜1时3刻
写于半城之月窗下

## 八

颖：

今晚中秋节，月色分外皎洁，赏月归来，内心里总好像少了一件什么东西似的，虽然各单位都在锣鼓喧天，热闹非凡，然而我都没有参加，自己想想中秋节就是这样的轻易的放过去了吗？结果还不是这样的轻易的放过去了！

现在是深夜1时40分了，正当我写了迎击反共军东进的训令之后，觉得必须给你写封信，我何尝不知道你的信或者就在途中，可是因为没有见（别后至今才只接你一封信！）到你的信，总使我念道着你是“爽约”了，难道你比我还要忙吗？马上又体谅到你，因为你是在乡下，会知道谁恰好过湖西来呢？而离岔河和朱坝又那么远，又没有适当的送信人！不管怎么说，我是在盼望着的！算一算，别后给你的信，这已经是第四封了！

一个同志——那是我们的诗人，为你我写了一首诗，第一节已经送到拂晓诗刊上去了，被我事后发觉留下了，他不甘心特为缮写寄给

你，第二节还须“待续”，你看看，他写的好不好？至于“枫林”则双关得十分美丽，事先我还不曾想得出，你也想过吗？下面一首词是秦少游（？）什么人做的，是詠（七夕）的，我特别爱那两句：“两情若是久长时，又岂在朝朝暮暮！？”完全对的呀，两情若是久长时，又岂在朝朝暮暮！？

我打算七号到泗北一带侦察地形去，多则一周少则五天即便返部，倘若届时无什情况，拟赴淮宝一行，但也说不定，五旅在天井湖，已经答应他们要去看看了！而且10月12号，又是本军四周年及四师东征三周年的日子，四个剧团公演，当有一番盛况吧，可惜你不在场！

在反动分子活动的地区，注意你的行动！不要一两个人走路，经常靠近部队，时作有警准备。更要注意你的身体，千万不可大意！

读书有成绩否？计划定出来否？

谁知道什么时候才接到你的信呢！？

祝你

晚安！

雪枫　中秋节之夜2时05分

一本苏联小说《新时代的曙光》，不日寄给你，以后写信编上号码，以免遗失，当更好，你意如何？

## 九

林颖同志：

我于7号出发赴泗北侦察地形，本日午后返半城，前后计六天，经新行圩子、朱湖、川城到泗城东北二十五里之马厂集，集之四围为朱山峰山马鞍诸山，自离开山西以后，已经六年没有登过那样高的山了，在“向上爬”的途中，不禁思念着“江西”。第二天继续北进直到距前次攻打的张楼七里的四山子，继经大柏围子、归仁集、金锁镇、曹家庙、莫唐圩、界头集而返半城，自晨至晚鞍马劳顿，秋风吹秋阳晒，面色红而黑了，身体心情也结实得多了。差不多光在伪区和边区，随时准备着战斗，和我们同时到达四山子的十团的侦察排就与伪军打了一伏，枪声传入我们的耳鼓，大家为之更加精神！军人们都是冒险家啊！

回来之后，接到你3号上午发来的信，欣读数过，为之爽然！不过，你说我“不公道”的话，那才真是“不公道”的，屈指数来，我已经给你写了四封信了，而你仅是两封——二与一之比。计：雷明、方学、马凌嵩、王长俊等同志赴湖东之便均各带一封，谅必都先后收到，否则那定是他们忘记（不会的）或者开玩笑的。可是我猜你一定收到了，在你的三号发信之后。我提议今后通信应当编号码，免得遗失，而且便于查考，你前次的信封上，不知为什么写了个“n.S4”，惹得人家笑：“五十四封了啊”！那不是天晓得！

林颖同志，请你放心，大可不必“提防这个估计的可能到来”，这个估计是不可能到来的，起码是在我这方面，而且即便是关怀我俩的友辈提出“主张”，也绝不会如你所顾虑的“再来一个我没有意见”，我会有意见的，我的意见是对他们的好意实行“婉言谢绝”，你猜猜我已经“谢绝”了几个人么？首先是邓和子久，还有其他的人，他们是那样的关心啊！须知：我还不至于那样的庸俗，对于培养和帮助我所心爱的所敬佩的终身伴侣，我是早有一个“腹案”的，那就是为着我们将来的事业，“将来”会使你我更老练些，更有学识些，更善于应付环境些，更能担当繁重的任务，所以必须离得远些，才不妨碍彼此的工作和学习，所以必须更下层些，才能锻炼出一个更有力更坚强更布尔什维克化的女干部来！我所要求的是这样的有信心有眼光有志气的终身良伴，而决不是依恋于“温情”的梦中而“无所事事”的小姐或者“太太”！我觉得我还佩称为你一个“知己”，多年以来，在观人识物方面，虽不如人们所说之“锐利”，但“冷眼观人”，我自信其中尚无多“感情”成份，即如几件事，亦足以一概其余了。

特别使我欢喜的是你不仅有了决心而且已经实践着我们的密语：更诚恳更亲热更和蔼更谦恭，无论对待任何人，尤其是下层的同志。我祝福你，在待人接物上不致于有人提出“空话”，至于别具用心者，则自当别论了。

国际形势无大变，惟德军之准备进攻莫斯科，则为一颇为讨厌的事，但最后胜利的信心不仅苏联同志所深信，即英美人士亦同有此等论调，不过胜利不会“坐待”，总需吾人之努力与艰苦奋斗始能得来。国内亦无大变化，蒋估计 8 月底日必攻苏，故有各种“反共”之宣传准备，但今已 10 月，日本反以进攻长沙郑州答复之，使蒋颇为失望，再则英美之援苏，并不以日美谈判而放松，反而益为加紧，且较援华为更甚，使蒋更为“吃醋”不已，加以皖南事变以来，一般进步人士均离渝赴港，使蒋颇为苦闷，最近蒋对青年党领袖左舜生表示，“要他们回来”，左答：他们不是小孩子也不是专为吃饭的，如政府有办法（意即指国共问题及小党派问题之合理解决），他们是可以回来的。加上敌人此次进攻郑州（约四五万人），胡宗南之两个军及汤之十三军新二军均急往增援，故一时甚嚣尘上之反共军东进问题，日来又形沉寂了。卫立煌亦曾表示要求我师破坏津浦，牵制敌人之西进，恰恰赶上我游击支队奉命破坏铁路之时，“一举两得”，已经通知卫，说我已经“照办”了。

嘱咐你：以后的信上不必再提 ×× 与 ××，因为一旦信入人眼，会给人以不舒服的，所以这些“无关大体”的话，仍以不说为妙，古人云“无道人之短，勿说己之长”是有道理的。不知颖以为如何？

最后，对于你的字，提出一点小意见，一般人说你的字颇为“秀丽”，这是个好名词，当然你不会认为已经就好到家了，不过，我总觉你的字很有“前途”，像你的人一样，但美中不足的是：（一）还不够“正规化”，多少带一些“游击习气”，如“林”你总写作“杜、杕”，“来”写作“耒”，之类。（二）些微有些大意粗心，如“结婚”则写作“接婚”，“嘱咐”写作“嘱付”之类。你认为对吗？

托黄秘书卷送一本苏联小说《新时代的曙光》，收到否？

数日来乘马奔波，疲倦得很，本拟只写信报告你我此次出门及回来的经过的，哪知不知不觉间，又拉长了两张半信纸，要是给拂晓报写社论都像写信样的文思泉涌的话，一月的稿费满够你请两次客的了。提到请客，10月份的保健费和稿费发来时，打算送你去“请客”。

秋风渐厉，今夜我是披起皮衣在写信，望你多多珍重！棉被不久当送给你。爱护身体，我时刻在注意着，请你释念！

送你的书，看了没有？作笔记了没有？中央来电要全国各区党委及师以上干部组织高级学习组，中央学习组长是毛泽东同志，副组长是王稼祥同志，党是如何的注意着干部们的学习问题，远离上级和远离我的你，相信在学习上是会“刻苦”的，希望不久之后，见到你的成绩。

就此停笔，我要睡觉了。

祝你

晚安！

枫　10月12日夜24时15分

我已经搬到南屋原参谋长的房子里了，这里清静得多，可以多读点书。

## 十

林：

你8号上午的长信，不知为什么今天才收到？读了好几遍，十分欣喜。前天给你的信，因为没有便，所以尚未发。

几乎每一封信上，都说到你的"顾虑"，可想而知，对此事你是如何焦虑了，我认为这是多余的，因为我已有数次的申述了，我希望这一顾虑在你，能够立即冰消云散，因为你早已经信任我了。

你给刘邓[①]的信，赶上我不在家，直接送给他们又转给我了，他们是在征求我的意见，没有问题，我已依照着前信所说，"婉言谢却"了。我万分感佩你的决心，你的与人不同的志趣，你所做的也就是我所想的，否则我不配做你的终身伴侣，倘若你不是这样豪爽的女子，相信，我今年也不会结婚，要是那样"随便"的话，恐怕我已经有了几个孩子了！然而那有什么意思呢？把两个情志不投的人弄在一起，那正是制造痛苦！反而看我们，我们是愈久愈了解，愈了解愈相互敬佩，愈敬佩而情爱愈浓厚！

四军成立四周年，师东征三周年纪念节，前天开了纪念大会，人很多，尤其是地方上和老百姓，我很兴奋，讲话也特别起劲！第一天抗大的"自由万岁"演得特别好——划时期的好，第二天拂晓的"棺中女郎"同样很好，都是外国剧，道具布景，都使人耳目为之一新！

---

① 指刘瑞龙和邓子恢。

可惜你没有眼福！

也许日内我要到泗阳前方去指挥作战，协同着运北淮海部队。不管在家不在家，我总希望在我回来的时候能读到你很多的信。倘若有可能，我或者会转赴淮宝一行，看情势可能性恐怕不大。

晒像纸还没买来，一时不能洗。

背上的小疮，好些否？必要时可到卫生部去请叶果部长为你看看，特写封介绍信给你预备着。

生活情况和工作情况，我总是迫切的盼望着知道。

夜安！

雪枫　10月15日夜1时40分

## 十一

裕群：

托谢胜坤同志寄你的两封信，不是说我要到前方去指挥作战吗？昨天——23日，亦即“我们的日子”的前一天，我“凯旋”了！胜利会使你为党为四师为你的伴侣而欢呼的！也许你已经听说了，就是王光夏被我们全部消灭了！淮泗游击司令李守宽（前八十九军军长李守维的堂弟）被我们生擒了，泗阳县长王逌汉活捉之后一同带来了。

信寄出的下午，以情况紧急，我出发了，先到泗县的界头，第二天——17日北进老陈圩，18日东渡运河，到达部队围攻着的陈道口，王光夏全部保安第五第六两个团并泗阳县府同守陈道口，这是顽王集全部兵民之力费了五十天的时间构筑了极为坚固的寨围，四道铁丝网，一丈五尺深和宽的外壕，老百姓们都说这是连鬼子都打不开的陈道口，可是我们以三师二师四师各一部的兵力，于围困了五天之后，20号之晚第一次总攻，占领了一个西围子，21号之晚第二次总攻全部拿下了，人喊马嘶火光触天杀气腾空中全部收拾了王光夏，计俘虏七八百人，缴获步枪七百余枝，重机枪两挺，轻机枪十挺，炮两门，无线电台两架，王光夏仅率残部二百余人窜逃了。老百姓欢欣若狂，到处传诵着新四军的“神话”，以特别不同的眼光钉着我们，在两个群众大会上，我给他们讲了话，大家爱着新四军，恨着韩德勤！

在指挥阵地上，看着战士们那种勇往直前奋不顾身的雄姿，使我深为感动，为了执行命令而毫不吝惜自己的鲜血，我从内心的热爱着他们！也许他们也在爱着我吧，因为我离他们并不远，连望远镜都不需要，就是没有陪他们一同冲锋而已。你该为我担心吧，当我们看突击道路侦察地形的时候，仅仅距离敌人六十米远，一颗子弹打中了我们所藉以隐蔽的碉楼的枪眼的旁边，又一次一颗子弹在我们面前三十米达处落下，不要紧的啊，枪林弹雨是军人们的家常便饭，习以为常，就以为在火线上是好玩的了。三年以来，唯有这一次陈道口战役较为壮烈，从红军时起经常打大仗，的的确确已经上了瘾，此次算是过了一次瘾，打游击战是不大有兴趣的，打运动战才会使人感到够味。古人说身经百战好像就了不起了，谁能数得过这些老的红军干部打了几百次仗了呢？

在去陈道口的路上——17号那天，干了一场冒险的事，半途碰上了王光夏的第一支队长孙玉波的支队部和他的部队，硬着头皮送张片子要会他，因为他与王有矛盾事先曾经给我们写过信，可是谁知道他的心呢？终于会面了，他是八十九军的参谋主任，勇敢善战并精于射击，寒喧之后晓以合作抗日大义，并慰劳他的部下一千元，孙大为感动，当下说要里应外合协助我们去消灭王光夏的第二支队陈儒及李守宽，答应了他，立即命令二十六团派两个营于次日会同他，19日在洋河之南三里将陈儒、李守宽消灭了，李守宽及其副官长以下百余人被俘，李本人今天伴着王迺汉同在半城，打算要利用他们，还有王光夏的秘书之类。

两大胜利使淮北苏皖边形势整个为之改观，首先暂时的停止了反共军的东进，幻灭了韩德勤的援王计划，而且援兵三团之众，又被我二十九团及骑兵团在盐河击溃了，同时使我二师三师四师更为密切联络，使皖东区、淮海区、苏皖边区打成一片，控制了运河（我们搭了浮桥）争取了主动，发动了群众，扩大了党的威信，这些都是此次胜利的伟大意义。

两个胜利，恰恰都在我们的“蜜月”之内，是我俩结婚后的第一次胜利，是我俩结婚的最优美的纪念！

你 14、19 两信都收到了，是在我回来以后的十分钟内，收发同志面带笑容，我猜中是你的信，客人多不好意思马上看，入夜才拜读了你的信，一切都好，只有你的病——尤其是那个由于衣食不小心的咳嗽病！我常常嘱咐你，可是你总依仗着你的“健康”！这几天好了些吗？见了面我一定要抱怨你的！

原本于回来之后到天井湖一带五旅驻地去侦察地形的，因为家里许多电报未看事情未办，加上情况又不十分紧张，所以由张参谋长去了，我在准备着到淮宝去，应该去了，部队都看过了，只剩下了十一旅，还有等待着的“少女的心”！倘若没有意外的变化，本月底或者会和你见面吧！请你等待着。

你能接到家信，这是你的幸福，杜甫有两句诗说“烽火连三月，家书抵万金。”何况你我，已经处在抗日的烽火中一连三年了呢？请代“那个人”问妈妈的好吧，祝福她们老人家，为了安慰老人家的心，请你常常写信报平安吧。共产党员的家还是要的。

总想读点书，老是不会腾功夫，不知道你的时间如何？报章杂志尚堆满了一桌子，更谈不上理论书了，长此下去，将何以堪？！请你督励我。

你的字最近更走样了，有些草得很难认，比如小字你写“4”，岔字你写“㞕”，而且有些字又拉长了腿，我请求你今后更“正规”些。你怪我不客气吗？不会的！我们是同志啊！假若有机会，练习写字——行书字，也可以陶冶人的性情的，使人更不粗枝大叶。要求你详细研究中央的关于调查研究的指示。

泊生同志为你买的笔，上面有你的签字，已由徐同志带回来了，他又送你一套轻毛绒衣，过湖东去时，给你带来。

要我送哲学选集给 ××，还没有办到，因为哲学选集只有一部是中央送我的，而主要还是我的一贯的不大惯于与女同志来往，无缘无故送东西去，未免有点那个，可是有机会我会设法办到的。

秋风多厉，务祈珍重，珍重！

枫　写于“我们的日子”之夜 1 时 50 分

## 十二

裕群同志：

通讯员带回两封信，恰于深夜到手，不胜欣慰！我本拟于 28 日动身过湖东，而且指定拂晓、生活两剧团同行。一切都准备好了，忽接陈军长[①]电不日即来四师二师，所以只得临时作罢，今天接到电报，陈军长昨宿营于莫圩子，今天可到半城，我们正准备欢迎中。这样一

---

① 即陈毅。

来，短时间内怕不能东渡了！倘有机遇，八九天或一礼拜之后，亦许有到淮宝之条件，如陈军长最近赴二师时，我当伴之赴淮宝，我们八年没有见面了。

据说淮宝妇女工作近有大开展，师部某译电员回说站岗放哨□多为妇女云，听了颇为高兴，这是你们妇女部□艰苦奋斗的成果，盼继续努力，再接再厉，希望对于读书应有计划的进行之。欲求有□，势非咬牙不可，这一点我做得不好，但总想努力为之。

秋寒风厉，诸多珍重，万勿大意！

趁通讯员送文件之便，草此数行，俾释悬念。不知这几天你将如何的望眼欲穿了。

以长信代长叙吧！

紧紧的握手！

红叶　10月30日上午9时40分于半城

马凌嵩同志在后方医院近得一男，除此间以彭邓肖吴[①]致函祝贺外，请你最好就赴医院一行，藉表贺忱，不知你意如何？

## 十三

群：

请你原谅我，有客观原因，使你“等待”，我很了解等待人家一封信而终于不能如期那种滋味的。头疼终于没有好，加上前几天到

① 即彭雪枫、邓子恢、肖望东、吴芝圃。

供给部吃饭途中跌下马来，虽说不要紧，然而左手跌肿了至今尚未全消。怪那匹火车头[①]我送给军长了，三天他骑不上，又送还了，变了脾气，大概是怪我不要它了吧！刚一上去，冷不防后脚一踢把我撂下来了，幸而还没有跑，否则会跌得更重些。我自己封我是一名“骑士”，因为我曾在外蒙古边草原上练过三个月没有鞍子的骑术。这一下骑士丢人了。这几天头疼手疼都见轻了，请你放心！

又加上忙，终日不断的跑，不断的会，还要被逼迫着写文章，而又写不出，即如这封信，还是你走后十天以来第一封，颖，你能原谅我么？

反共军又要东进了，不知道这一次是不是仍像前几次一样轰轰算了，倘若真的过来了，路东不是路西，我们一定要狠狠地教训他们一番的，这几天在各方面准备着。就是因为如此，本来决定要我去华中局开会的，现在又来电不要我去了，从过路东以后，就说去起，几次三番，终于不能去，我着急的很！1941 年就没有我去华中局的“运”！

是我去临淮关洪泽湖管理局的那一天早上，接到你的两封信，一封是 25 日下午在船上写的，一封是 27 号在岔河写的。你的话，我不知如何感激才好！读完之后的确激动了我！那些话我认为应当是我自己的终身良伴所说的所做的而尤应所坚持的！“尽情的流露”以求得“对症下药”，对的，在爱人面前不虚伪不矫揉做作，以求得切合实情的批评，我佩服这样一种精神的女子！

今天开了一个会刚才散，费了八个钟头，解决一个同志的党性问题，一个女同志——他的爱人，在会上对他的错误是荫蔽的，是不去尽情暴露的，因为他们是“夫妇”，她，这样态度的她，不是我的爱

---

① 彭雪枫的坐骑，因跑得飞快，故名。

人，我所祈望着的颖，是热爱着你的爱人而同时又更热爱着党！

同封附来的龚经笥[①]先生（你要我怎么称呼他呢？）的信，读了一遍，虽然纸短然而意长，但又羞怯怯的，一种“大学生”的态度，往另外方面想，则好似又有点冷冰冰的神气。自然这种人，由于他的家庭环境而不得不国难当头而仍不忘读书（是在重庆而不是在延安），其认识亦可知也，这种人我是颇为怜悯他的，对于你，不管那封信是否一种“试探”态度，从幼年到现在而对你仍不忘怀，则又颇为值得同情的，难怪使你发生“无限的感慨”了！然而他，起码是现在，总还是在革命圈子以外，对他的办法是：回封信保持友情，使他在“婚姻”问题上意断念绝，再一个办法是：对于他“相应不理”，由你的宗敬弟[②]复他一信，说明衷情，也就算了。多情的颖，不，多情的琼啊，你以为如何？

想写封信给母亲和宗敬弟，又不知怎么写好？在未写之前，家信中请便中代为致候，倘若他们知道了我俩的消息，她们是惦念着我的，这是咱们中国的风俗人情，所以我更需要写信了，你看怎么样好？

假如时局无大变化，我希望你能在阳历年来半城过年，大家也都在盼望着，善饮的人像你，会有葡萄酒你喝的！每一年我们的直属队，都异乎寻常的热闹。可是工作要绊住了身，不来也罢。

这几天日美太平洋局势极度紧张，大有箭在弦上一触即发之势，双方都似乎已经拔出剑来了，看谁先开第一枪。果真日美开战了，首先国民党是欢喜的，至于我们则有利亦有不利，利者在摧毁日本帝国主义方面有了主力协助了，不利者美将放松对苏之援助，日军被

---

① 系家庭为林颖所定的“娃娃亲”对象。

② 林颖的胞弟。

牵制，反共军当较为猖狂。不过，一切是在变动着的，到时候，终会“柳暗花明又一村”的。

别离是一件苦事，为了工作而又不得不别，忽然忆起李白的两句诗：“请君试问东流水，别意与之谁短长？”何日才能相会呢？

夜已深，惟月色如洗，使人难舍。

祝你平安愉快，紧紧地握手！

枫　12月4日24日45分于灯下

## 十四

常常惦念着的颖：

前晚草信一封，无便人未发出，几天来的生活情况，想告诉你，我知道你会像我一样的在惦念着。

昨晚陪张茜[①]到操场看踢足球，黄昏又杂着众人回到我房里漫天乱谈，不久来了冯，正是张给你写信的时候，大家于沉默中各人想各人的心事。张的信托我寄给你，当然不能不为之代劳，字里行间，颇为幽默，这即是所谓“少女的心”么？张走后，与冯长谈三小时，不外“谅解”之类，又告诉我她近来的心情，终于借了几本书戴着月光回去了。近来表面看我似乎很有闲，所以才座上客常满吧？其实却苦了我夜间11时之后，一切文件挤得你不得不在这个时候看，直到下一点，或者更多些。冯说我的精神不如路西了，我不知究何所指？为了能够写点文章和读点书，我决心找一个所谓“密室”，而且已经找

① 即陈毅的夫人张茜。

妥了，很僻静，每逢读书或写东西，我要躲到“密室”里去。最近，在桌上的备忘纸片上写着准备要写的文章题目，都是人家逼着要的：（一）关于军事教育问题，（二）论“宁为鸡头不为牛后”，（三）旧式武器之使用问题。谁知道那一天才能完工呢？中央近对各高级学习组发出电令，指定读八十三种党内文件，外加《左派幼稚病》，《论持久战》诸小册子，我想我应该努力。

颖，我说的是你呀，在对我的学习上，党性锻炼上，待人接物上，领导方式上，应该“主动”的帮助我，你不能假想我会比谁更完整些，只需我批评你，而不需你批评我，在这一方面，我恳切希望，你能更坚强些，更直接些，更主动些，更男性些，难道你有所顾虑吗？对于你，我盼望在今后的生活上更艰苦些、更刻苦些，更少在物质上讲求些，更有力的截击你那小资产阶级的享受欲的萌芽的生长！一时一刻都不应忘记你是在呼奴喊婢的楼房里产生出来的“小姐”，你不会怪我吧！我知道，如今，你已经脱离了小姐气，而成为一个共产主义者了，然而你不能否认你的家庭环境所培养出来的非无产阶级的意识和习性，如若不能咬牙打破这一关，你将不能更坚强起来，像你主观的要求那样。写至此，忽然想起前天翻阅唐诗中元稹追悼亡妻的《遣悲怀》那三首长诗，因为我爱它，所以抄给你：“谢公最小偏怜女，自嫁黔娄百事乖！（嫁给他这个穷光蛋就百事不顺心了）顾我无衣搜荩箧，泥他沽酒拔金钗，（想买酒只有从她头上拔下首饰来）野蔬充膳甘长藿，（吃的是野菜）落叶添薪仰古槐，今日俸钱过十万，与君营奠复营斋，（如今做官阔起来了，为妻只能修修坟墓了）。”第二首是：“昔日戏言身后事，今朝都到眼前来，衣裳已施行看尽，针线犹存未忍开，尚想旧情怜婢仆，也曾因梦送钱财，诚知此恨人人有，贫贱夫妻百事哀！”第三首：“闲坐悲君亦自悲，百年多是几多时？邓攸无子寻知命，潘岳悼亡犹费词，同穴窅冥何所望？他生缘会更难期！唯将终夜长开眼，报答平生未展眉！”最后两句更妙，只有终夜悲痛的睡不着而长开眼来报答她的平生为穷困忧患所扰而没有展过眉头！旧诗词你比我读的多；这三首诗你也喜欢吗？

前曾面托李斌同志代为搜罗古书，首先是《资治通鉴》，近又电请代向上海订购各种报章杂志，为了调查研究，中央及华中局亦曾数次来电广为搜集，请便时面询李张两同志，如到手，则即托人寄来。

带去之书，读了几本了？关于鲁迅的东西，更应多多浏览，鲁迅的文章简洁尖刻，极有骨气，多读不仅在文字之技巧上有益处，更可加强自己之修养。1932年以前的鲁迅的文章小说几乎每篇我都读过，彼时虽为大兵生活，但对我在写作的锻炼和意志的修养上帮助实多，告诉你，可怜得很，我现在这一点点“文化水平”，多半是自修得来的。一个共产党员，应该要能说会讲，而又善于写作，下笔千言，倚马立待。你的天资颇高，倘在这方面留心，不难成为一个作家，这不是“奢望”，而是革命过程中所必须具备的一种才能，自然主要还要依靠于实生活的充实。

《社会科学基本教程》读完否？不要以为书多，翻了这本丢了那本，硬着头皮，攻完一部再攻其他，读书是要有一种像出兵进攻敌人那样精神才行的，否则你永远也得不到胜利！因为我有这种毛病（近年来略好）所以想到你或者也有？到底有没有？

近接家信否？念念！

顺笔写来，不知说了些什么？时间已经子夜之后两点了，鸡鸣第一遍过去了，全半城的人们，怕只剩我一个人在孤灯之下给你写信吧？警卫员催我睡觉了，就此停笔。

祝你安眠！

枫　12月6日（7日2时）

最急人的是久不接你来信，最恼人的是看不见你的长信！

今天早晨又接到你三日发来的期待着我的信的短信。使你焦急，颇为不安。请谅。

王幼萍是我的小朋友，你妥为看待她。

12月7日10时半又及

## 十五

LY：

焦候着的通讯员回来了，但是没有“足下”的信，不知是你不在家呢？还是忙得不可开交？心中怅怅！究竟通讯员送来的两封，周风森同志带来的一封，可曾都一齐收到？既深知“挂心”之苦味，则又何必将此苦味加之于人？我的信晚收到两天，即使足下发生“听你的便好了！”的“怨言”，但不知于收到我接二连三之信之后而不给回信，则应记大过几次？应当体贴你，或者你的信已在湖上了，然而一星期不见来信，那味道是“甘”的反面，叫人怎么过呢？

拂晓剧团回，孩子们谈到岔河的青年座谈会和你的演说，小萍（她是我的小朋友）对我说一些体己话，并把你的签字要我看了，而且硬逼着要合照的相片，这孩子真不简单。

张茜同志经常问你有回信没有？我无法代你回答，因为我深知不爱写信（这是你的自招）是你的传统精神，但我总算为你掩护了一句：“大概快了吧？”是不是大概快了呢？她送我两本鲁迅的书，其一是《两地书》，夫妇间所写的信，我已读了一半，颇为有味，倘若她不走，或者你可以看到。

文章已经写了两篇了，一篇约四千字，一篇约五千余，发表后寄你指正。惟两天来又须写文件，终日绞脑汁亦苦事也！无人谈心，以为调剂，奈何奈何？

东望云天，专待来示，什么时候才能满足呢？

12 月 14 日夜 1 时 10 分

寄来的东西收到了，特敬谨打一收条曰：“兹收到枕套线袜各一件不误，谢谢！”如何？出气了吗？

右信于昨夜写好，无便人赴湖东，只得搁下，让你着急。

张茜明天要走了，明晨为了饯行，月余以来不时见面，今忽远别，使人依依！陈军长（他等几天才走）在一张纸上写一句：“相见时难别亦难！”是的，相见时难别亦难！今天李基邀我参加直属队的妇女会，相谈约一小时半，始知她也是你的同学，何以你不告诉我？她说了你半天长处，我请她指出你的弱点，她说太“任性”了，这是两年前的话，话倒客气，还记得吧？我也曾说过你的“任性”？可见所见略同。但不知近来怎么样？我很担心淮宝的工作环境，但又不常在你的信上谈到生活状况，恰恰这是我所最惦念的！

15 日 22 时附加

## 十六

玉琼[①]弟：

百忙之中（其实也不见得）读完了《两地书》，情趣颇浓，关于学问，时事，教书，访友，吃饭，睡觉，洗澡，穿衣，做文章，发牢骚之类，几乎无所不谈，我想，此即所谓两性间之精神上的安慰，未知吾弟以为然否？一代文豪如鲁迅，殊多值得我辈所效法者，即如此信之称吾弟之为“弟”，盖亦即效法鲁迅之称其爱人为“广平兄”也。听文学家们说，模仿是不好的，但吾非文学家，正可不必不模仿也。

我近来在生活上有了一个大变动（请你先不要诧异，这在人家的确小得算不了什么，然而在我却的确是“大”了），党为了去掉“平均主义”，使干部可以多活几年，早即决定旅以上干部在饮食上要好一些，然而总没实行，邓政委来说一说，大家没有理，搁下了，自陈军长来，旧事重提，而且非这样做不可，勉强之中，每人每天增加菜金四毛，共六毛了，司令部只有四个人，每餐是大米饭，白面馍，有时甚至还有饺子之类，两菜一汤，可谓阔气也哉！人谁不想吃好的呢？然而为了顾及影响，所以总是没有办，如今既然要成为制度，而且各师均早已实行，而四师则又何必与众不同呢？实行将近三星期，倒也听不见什么，其实在开头，“小厨房”三个字真不好听，我曾经禁止喊。固然也有好处，据说我近来红胖起来了，然而又有人说，理由尚不在此，乃因新婚之后，“心广”而后始体胖了云云，由它去吧。

---

① 林颖又名玉琼。

我身体仍然粗壮如常，惟前夜入睡后译电员叫醒看一个万万火急的电报，次日头痛一天，洗了澡又好了。天气虽冷，仍未加衣，大衣连披也没披过，可是工人同志爱护备至，大衣领子上，绣了四个字：“祝您健康”，谢了他们的美意，送给瑞龙穿去了，我另弄了一件大粗布的，素淡一些，适合我的要求。

多日不接来信，不知是否存心报复？果尔，可谓冤哉枉也！不管怎么说，就此握个手吧，湖之东西，天各一方，大可原谅的啊！

几乎十次有八次，在夜间此时（下 1 点 10 分了）给你写信，大概此刻你已入睡，或者也在写信给湖西的人呢？

一切都好，请你释念，但愿你身心健康，工作顺利，不要烦恼，如你所说，“不要太想”（其实这只是一句话而已），怎么能够使人不“太”呢？

此信与前夜未寄出之信，当一并送出，但又不知何日始有便人？

红叶　12 月 16 日 1 时 15 分

今天还是没有人去湖东，特在此附加几句。张茜她们今晨走了，《两地书》也送还了。她说没有运气看到你的信，我说来了之后再送上吧。请她们吃了饭，喝了两杯酒，当作饯行，晓得什么时候，才能见面呢？

16 日 11 时 10 分附加

# 十七

裕群弟：

直到今天，还是没有信，还是没有信！大概近来很忙吧？注意节省自己的精力！

为了修理皮包，兼使你明了此间之最近生活状况起见，特使警卫员赵运成来看你，并带上冬季应用的东西，赵是一个颇为伶俐的孩子，想要知道的事情详问他可也，同时对于你近来的生活环境状况亦可告诉他，让我知道一点，因为你的信上不常谈到故也。

我的牙齿不好，左右大牙均不便吃东西，前天右上腭大牙又掉了，更加不方便，听说岔河有补牙的，请你打听一下，可能镶补？最好是磁的，又不知是否镶得确实？倘若是金的我不喜欢，又费很多的钱。

送上论共产党员的党性问题及《真理》第三期，都是锻炼党性的好材料，请你熟读，并检讨自己，又帮助同志，前次送一本油印的，即使看了几遍，如今得到这本铅印的，更可多读几遍。又艾思奇吴黎平两文，对主观主义有好的纠正方法，亦望切实注意。

不要忘记，常给你的朋友们写信，免得人家“议”你。

前与数信，有些问题，请你答复，如已过时，只好拉倒。我安好如常，勿念。

祝你

工作顺利，心情愉快

红叶　12 月 18 日 13 时 1 刻

# 十八

大弟：

今天是我们结婚的日子，三个整月了，日子过得真快！然而一起相处，还不到一个星期，这恐怕是古今中外所不多见的吧？我知道你，以及我自己，却并不因之而有所怨尤，这是为了工作，大时代里的青年，革命夫妇，是不足为怪的，这是你常以此来劝勉我的话，我不会忘记！不过当此纪念之日，特向你祝福，祈望着健康永远跟随着你，“和谐”永远存在着我俩之间。

今天又到东门外小庙里，我那两间“密室”里，修改我的演说稿，那是在一个干部会上关于路西三月反顽斗争战术上的教训，一篇颇长的东西，将来打算印成小册子，也好使人家了解我们在路西奋斗中的经验教训。你督促我写军事论文，连我自己也经常在鞭策着自己，不过一则时间不多，二则惰性又压迫着我，所以终于不常写。不过最近在写作方面是努力起来了，而且有我的成绩，你应当奖励我呀！

我们的学习组，督促着我读书，《左派幼稚病》以及党十年来八十三种文件，是必读物，我在努力的读着。此外藉以调剂的是一些较软性的读物如小说之类。财政处新由沪上购买杂志多种，其一是名叫“万象”的，杂文及短篇小说，颇有风趣，不少进步内容，在上海能如此已经可贵了。待我看完后，陆续的寄给你。多年以来，对于小说之类不感兴趣已极，曾有人劝导说，生活上小说可以调剂，不妨耐着看看，看了一些，也给了不少的启示，可以振奋人心。此亦艺术之所以为艺术欤？

前你寄来的东西，所包的纸，原是你的“自传”稿，大概是此次干部审查的作品了，我希望一读，那比你口讲，会更味浓些吧？一个少女的自传，是会引起人家的注意的，何况我乎？

苏明昨天回湖东了，送他一本战斗条令，我希望你对军事也逐渐兴趣浓厚起来，以便将来作一个“花木兰”“梁红玉”一流的人物，起码也可以“参赞戎机”呀！这话不知你爱听不爱听？

最近，仗大概是打不成了。我们在准备过新年。

白雪　1941 年最后一个月的纪念日

午后 2 时 10 分于洪泽湖畔小庙内

# 一九四二年（上）

## 一

（此信首页遗失）

冷风里分别，归后又送走了赴苏北受训的同志。眼睛有些倦意。

寒风象征着人们的峭拔不屈，风吹后的脸烧又象征着人们的热烈心肠！“象征”二字，可以“尽在不言中”了吧？

忘记带去的药物，特送来晚上换药用。小心敷药，耐心医治，不要急！

腊月是容易触动人们的“乡思”的！尤其是离家不久的年青的人。“大除”之日，期待着你！

红叶　2月7日11时3刻于午睡之前

## 二

（此信前页遗失）

首先为你庆贺！归途，不断的思索着，心神十分愉快！

不知你们究竟要的那一种参考书，所以送来一本《中国近代史初编》，太厚了，只能做参考。

新春节——四天哪！——应有我们的假期读书计划，假期读书应以软性的为主，如传记小说之类，起码也应当是随笔等，我打算读完《静静的顿河》第三卷，倘有可能，再复读一遍季米特洛夫的报告。对于你，我热望你也有个计划。此外，腾出三分之二的时间，在春风润面的清明天气的大地上，我们可以谈天。盼望着气候能如我们的意。

一切问题要照顾到各方面，尤其在对人接物上，因为在主观上某些时候的疏忽，也即是人家借以起成见之机会，故孔夫子之“临事而惧”是有其痛苦的经验的。不知你以为如何？徐永文似乎有些意见，你可以和他谈谈。

附上《斯大林演说集》一册。

红叶　10日晨9时致裕群

## 三

裕群：

昨夜的复信欢快的读了两遍，心旷神怡，兴奋得很！“我们永远和谐的为革命事业奋斗！”这句话在今天说来，更有其重大的意义，不会在我的脑子里忘掉。所仍以为不满足的是对于信是越长越不嫌长的，因为有许多我的信内的话你尚未提及。然而立刻又原谅了你，你的学习忙。深夜的疲倦。只有见面，慢慢的长谈长谈长谈！

文章读过了，略提意见数点，并改正白字数个。我认为内容还切实，层次亦较分明，文气尚恳切。倘能再发挥一下，尤其是更多的举出几个生动的实际例子，则文章即益为生动了。除此之外特提出几条意见，供采纳：

（一）引证人家的文句或为使力量加重起见，都应加上引号，如「」、『』，如横写则为“ ”，这样用，语气就很不同很有力了。一般文人如鲁迅政治家政论家等都善于使用它。

（二）字句仍须简练，即形容词应尽量减，不要使人感到累赘，像读翻译小说一样。

（三）字体总以端正易认为第一义，行草美观为第二义。去年曾在信中提及过，恳望百尺竿头更进一步。

（四）白字和掉字都应在“疏忽”上去检讨，但时时注意文化水平之提高则成为重要工作之一，最近连篇累牍地接到中央关于提高干部文化水平的指示，说一般干部的文化程度应有高中毕业的程度，数学即须由分数比例三角代数几何到解析几何。中文则尤须注意。你的文化水平相当高，但你我都不应（也不会）感到满足。这应从读书（特别是读文艺作品）查字典记生字做起。

《日出》张尚未读完，见面时带给你。《三国演义》也是一本必读的书（陈军长说不读三国和红楼的即不是中国人），如你愿看，我可按本送你看，那里有战术，有策略，有统战，有世故人情。

你嘱咐我读政治经济学，这是早已抱定志愿而终未实现的，待读完《战争论》后，即开始读。

五块钱是借李化海的，将来稿费还给他。

夹裤送来两条你择一条，我很爱那条哈达呢的，倒不是由于它“阔”，而是式样好，特别是富于历史意义——太原时代的。

星期六我给直属队上党课，争取星期日去看你，和你到郊外长谈。——“希望”总在引导着时，人总是心情愉快的！

学习应有调剂，不要影响身体。

手冻疼了，就此结束。

听从你的嘱咐的军人复　2月20日13时

## 四

裕群：

我们婚后的你的第一个生日，应当为你祝福。想多送你一些吃的礼物，又怕过于张扬，所以只好从简。

《斯达林传》倒是一件颇为别致的礼物，倒不在一本书，而在于书的内容，你要学习他——我们的党的伟大领袖。而且在书的首页，我题了一句话——“我们忠诚坦白之对于爱，一如我们真诚坦白之对于党！”，这也是颇为别致的礼物。

手帕是前天程朝先送我的，也转赠你，那是豫皖苏边的纪念！他一直保存着！

祝福你的精神永远是愉快的，身体永远是健康的，伟大的党的事业，在等待着你！

雪枫　3月3日，正月17日，你的生日，于半城

## 五

玉琼：

送上《战略与策略》《抗日民族统一战线指南》《各种政策》《列

宁主义问题》（最美丽的精装）各一本。关于战略与策略的最基本参考书即为《左派幼稚病》《季米特洛夫报告》以及斯大林报告之（列宁主义问题）第八十五页之战略与策略。此外，为了时间可以不去看它。但最最基本的最现实的还是党目前的各种政策及统战中策略之运用。因此，特将去年收到之毛主席在延安高级干部会上之关于统战策略问题的报告提纲送来，这是最宝贵的最实际的同时又是最机密的材料。因为华中局已经油印供高级学习组阅读了，故将我们收到之原电稿供你们一阅。希即与瑞龙张彦同志商量，倘若必要则可向县以上干部公开（区级干部可以不必）。为了避免闹意气，此事你不必直接去管，由组织统一去规定就无人讲闲话了。

也还有另一个原因，被单子昨天洗而未干，故今天送来。我已经调了，小的给你携带方便些。

鲁迅的书均是珍本和孤本，那些借书同志的这种“打游击”的坏习气，是不能饶恕他们的，尚希继续的“追”。

现在是重新又过学生生活了，这是人生过程的黄金时代，盼你在学习、生活，与同学相处各方面作人之模范，切实向人家学习。

枫　　4 日 9 时

## 六

群：

关于你的字体，以及你的“不精细”，我有责任向你提出严重抗议！请翻过来重看你的原信吧：

“猝”字是“扌”旁还是“犭”旁呢？“不甚欢苷之至”是“不

甚”呢还是“不胜”呢?(我记得已经说过你一次了)“苫”字我猜了半天大概是个“喜”字，这恐怕是你们“贵界”的新发明！“那篇文章”是“篇”不是“遍”，“请了”而你写成“请ㄱ”，“你”则写成“伱”，“些”写成“生”，空闲则写成“空闭”，“时事”则写成“时来”。自我检讨一下吧！刘备临终时向他儿子说：“勿谓善小而不为，勿谓恶小而为之”，今改而奉献于裕群曰：“勿谓字只要达意而即麻糊，勿谓字体事小而即不注意”！

“我要负的一大部责任”是有勇气来负的，请放一百个心！

枫　读来信后写

## 七

裕群：

昨夜读了你的“妇女干部修养问题”，曾为之仔细品味了一下，在内容与行文方面，都无甚可以疵议之处，因为是记录，自然未便在结构布局上多为着眼，但大体上是有结构的。不过其中有一句“力争上级对女同志的大胆提拔与培养”，在“力争”“大胆”这一类字眼上似乎尚欠慎重，易于使人“吹毛”。至于标题，我意以“妇女干部的修养”或“女干部的修养”要简洁些，不知你们以为如何?

在写作上努力，这是我俩的互勉之词，也是中央的号召，近读解放社论，关于反党八股问题，说到毛主席拟的“宣传指南，第一是列宁的宣传方法，第二是季米特洛夫报告中之宣传问题，第三是六中全会扩大会决议(即新阶段)中之文章中国化，第四是鲁迅的论创作。我们准备印成本小册子，但鲁迅的论创作则找不到，只找到了拾零集中之“答北斗杂志社问”“创作要怎样才会好?”特为抄给你，作为你今后写作的“指针”——

（一）留心各样的事情，多看看，不看到一点就写。（即调查研究，不主观的片面的了解问题。）

（二）写不出的时候不硬写。（这是指文艺作品而言，至于我们则写的东西太多了，只怕不肯写，不是写不出。）

（三）模特儿不用一个一定的人，看的多了，凑合起来的。

（四）写完后至少看两遍，竭力将可有可无的字、句、段删去，毫不可惜。可将可作小说的材料缩成 Sketch 决不可将 Sketch 材料拉成小说。（这一条对你特别有意义，“竭力将可有可无的字、句、段删去，毫不可惜！” Sketch 这个字我不懂，请你告诉我，如你也不懂，则可请教别人，之后告诉我。）

（五）看外国的短篇小说，几乎全是东欧及北欧作品，也看日本作品。

（六）不生造除自己之外，谁也不懂的形容词之类。

（七）不相信“小说作法”之类的话。

（八）不相信中国的所谓“批评家”之类的话，而看看可靠的外国批评家的评论。（此点似颇偏激，尤其是今天，已不同于昔日了。）

反主观主义，有一篇外国文章——“爸爸错了”，这是一篇国际名文，曾译登于各国的报章杂志上，前曾嘱拂晓转载，谅你已读过了，兹再付上，希望你重新阅读，并将它剪下来贴在本子上。

前天浏览《大阪每日》，一首诗颇好，写给你：

“极目天涯望远人，天涯尽处有黄云，君行更在天涯外，只见黄云不见君！”盖别愁之作也。

问好！

雪枫　　3月13日晨于风雨中

午饭后接电话，始知才开完会。书送上，共三本。

## 八

小兄弟：

昨天谈后，一直是愉快的！我需要的是你那种天真的批评，甚而更需要你那种爱的责备和督导。我们愈进一步了——我不断的在想。

一月之前的今天读《日出》剧本，一月之后的今天观演出，不管技巧如何，故事本身是感人的，它诱导以至鞭策着人们向革命的道路前进。

我决定明（19）天动身，虽然过公路渡运河穿插敌人封锁线，但带了一个骑兵大队，行动敏捷得多，请你放心学习。多在半月，少在一个星期，即可返回。

祝你

平安愉快

雪枫　观日出回临寝之前夜1时40分写

## 九

除党之外，唯一的能够理解我体贴我的同志：

你走以后，一个人埋头于小庙里读《日出》，一气读到头，不禁发生无限的感慨，所已读到的曹禺的剧本之中，这是我认为最好的一部。不由的在本书的空白处写下了自己的感想：“读日出剧本或观日出演出的人们，当他已为一名革命战士时，他将更坚定更奋发更自感其为革命事业而奋斗的伟大与光荣！当他尚在黑暗之中——即‘太阳’尚未照在他的身上而他又具备着‘灵魂’时，他将走向‘太阳’，倘若是一个陈白露，她将自己领头或者偕同着方达生之类的人物去‘很结实很傻气整天地苦干着！’‘太阳升起来了，黑暗留在后面。’故事之结局，倘若套上了‘打渔杀家’则仅给人以‘杀’后的快感而已，日出结局之恰如红楼梦——不使人尝到‘义愤发泄之后的甜蜜’（见本书“跋”）和‘大团圆’，而是义愤之后的‘出路’，更真实的说，不是什么‘义愤’，而是‘出路之寻求’！”

“感想”之中，没有离开自己，把我——同时也把你和书中的角色作了一个对比，当然觉得是兴奋的是光荣的，因为（比如我）从出生，离家，投军，进学，入党以至杀敌，一连串的发展过程，是为的什么？什么是他的社会根源？我不能不回忆到我的过去，过去的“被迫害的苦痛”，压迫着我走上了革命的即今天的路。加上六个月以来特别是三天来的心情——或者说情调吧，使我不得不为你作一尽情的倾吐，这是我从来很少（不是说完全没有）对人吐过的“积愫”！

今天不愿意你走，决定走之后而决心送你去，即是为了这个缘故，终于事与愿违。不过也好，话是会日久淡下去以至忘掉的，字则会淡了忘了之后重新翻出来读它，可以永久使记忆新鲜的，而且也是一个很好的纪念和很结实的证见。

先抄一段《日出》中陈白露说的话。当方达生劝陈白露离开那个魔窟而陈拒绝了他以后，说出她曾经和一个人结过婚终于“离”了的缘故时说：“后来，新鲜的渐渐不新鲜了，两个人处久了，渐渐的就觉得平淡了，无聊了。但是都还忍着，不过有一天——他忽然说我是他的累赘，我也忍不住说他简直是讨厌！从那天以后我们渐渐就不打架了，不吵嘴了，他也不骂我，也不打我了。”方达生认为“那不是很好吗？”陈白露答：“不，不，你不懂。我告诉你结婚后最可怕的事情不是□□，不是嫉妒，不是打架，而是平淡，无聊，厌烦。两个人互相觉得是个累赘。懒得再吵嘴打架，直盼望那一天天塌了，等死。于是我们先只见面拉长脸，皱眉头，不说话。最后他怎么想法子叫我头痛，我也怎么想法子叫他头痛。他要走一步，我不让他走，我要动一动，他也不许我动。两个人仿佛捆在一起扔到水里，向下沉，沉，沉……”

我想，这是一般婚后男女们真真“最可怕的事情”！叫我顿时忆起某同志所说的“新鲜”与陈白露的“新鲜”的对比，以及你所询问的“累赘”，这真是“可怕的事情”呵！然而，我立即以理智来分析了陈白露的经验之谈，他们为什么“厌烦”以至于终于“离”了呢？是因为陈不能随同着他去“追他的希望”，她堕落到魔窟中了！就是说他们没有“一致的思想，也就不会有一致的行动”，他们的爱缺乏也可以说根本没有“政治基础”，故其由平淡而厌烦以致于“离”，岂不活该？既无原则，必闹纠纷，所以思想上的一致，政治上的团结，才是共产党人恋爱的有力保证，然而还不能即以之而有恃无恐，因之相互理解（不仅是了解而已）共同进步便成为必需的了。“理解与进步”，即时时现出“新鲜”，新鲜便愈益情浓。进步在于双方不停止的力求学习，理解即在于双方采取“理性的认识”，而“史的探讨”则更有助于双方的理解。谁能说相互之间能够全部的一丝一毫的都了解呢？长期的生活过程之中，自不免于某些方面的不尽相投，不过问题在于这个理性的认识，亦即“事情”之来而用理智加以分析而已。

因此，我有这个义务帮助你的进步，你对我也同样。我更有这个义务帮助你更多的了解我的一切，以便你更好地理解我的一切。我应当坦白的暴露我的一切，而尽可能的做到不求掩盖。

我为什么离开故乡而投入军中？那是为了穷困。一个十五岁的小孩子背着被子离乡背井，脱离了父母亲邻，母亲塞给我十五块大洋钱，这已经是顶丰富的礼物了！从此后，我不曾再受过家中的接济，我清楚那是我父亲在为人家从事手工业（织绸子）以来的所谓积蓄！凭着祖父给我幼小时的一点“文化”，父母给我的教养下的聪明（他们都是正直无私的人），我已经可以不依靠家而去自力更生了。所谓“自力更生”，其中不知受尽了多少不堪的苦头！由于自己的苦干，蒙一位族叔（即那位以办自治闻名的彭锡田[①]）在西北军任书记官的职位使我得以进入军官子弟学校，每月从他的薪水里扣除三元五角钱来作为我的饭费，不久，他家里嫉妒起来了，三番五次的反对，于是连这三元五角钱也停止供给了，以一个年幼无告的人远离家乡一千余里的北京，怎么办呢？那一夜失眠了，我独自在被中饮泣，幸而有校长余心清[②]的垂青，让我在附属的小学校里一星期教七小时的国文(这种文化水平是我祖父教我的，他是一个颇有学问和道德修养的人)，一个月的报酬是十块钱，这同样使我失眠了一夜，那是为了兴奋！同学们都怜悯我，有钱而又相投的人接济我，比如以后的方中铎[③]即是其中的一个。想想，我怎么能够忍心不苦读呢？一面放哨，一面偷偷读书是常事，追求知识如饥如渴，几乎见书必读，逢报必看，从那里算是扎下了今天的文化水平的基础。也引起了人们对我的尊重。不久参加了共产主义青年团（即当时的 C.Y.），尤其在转党之后，更有计划的受着马列主义的训练，和实际工作的锻炼。凭着党的力量，我被人推为学生会的领袖，逐渐加强了自己的自尊心，由于军队生活（像西北军那样严格的纪律）又养成了自己性格上的严肃性，这一方面有其好

① 即彭禹廷，彭雪枫的族叔。原为冯玉祥西北军第一师师长张之江的秘书长。在经济上曾一度给彭雪枫帮助。后解甲归田办乡村自治。

② 安徽省合肥人，爱国民主人士。彭雪枫在西北军官佐子弟学校学习时的校长。后任开封训政学院的院长。解放后，历任全国人大代表，人大常委会副秘书长；政协编辑室副主席、中央人民政府办公厅副主任、典礼局局长、民族事务委员会副主席等职。

③ 是彭雪枫在育德中学读书时的同学。

的一面，另方面又成为以后的弱点了。在北京，曾做过青工运动，学生运动，农民运动，参加南郊暴动。同时，也看过不少的轻视的污辱的颜色！李大钊同志被捕，逃亡到天津，在那一家过一种寄人篱下的生活，继续接受着人家的怜悯！秘密党的工作，而又不能告人。这其间又过一个时期的卖文章日子，为了摆脱那种寄人篱下的生活，也曾投考过《大公报》的招收校对考试，然而因为人多和没有面子，落选了！党又派我到烟台刘珍年的廿一师做士兵运动，半年，终于戴上了“不稳分子”的帽子，总还算客气，给了五十元路费让滚蛋。遂又派往山东的福山县做农民运动，藉教小学作掩护，撤起喉咙苦叫一天，晚上才是正当的工作——农民夜校，仅仅二十天，又被土豪劣绅赶走了，已经向你说过，豪绅们给了二十元的酬金，随手丢摔在地下，扬长而去，学生们哭送，我向他们哭别！这以后才到上海。中央军委派我到过镇江巡视，也做土匪运动，不成功，一天一毛钱的饭食，因为党穷，一个月的生活费，是九块钱，这是在上海！每天总在防备着包打听。经济压迫羼和着政治压迫，短短的几年间，被人驱逐了三次，被统治者关过三次（其中一次是一天一夜的优待室，在北京），受过不知多少次的饿，挨过难以忍受的冻寒，当朋友们怜悯送钱在自己的袋中之后，也不知有多少次背地里流泪！我愤恨极了！对社会不满，并不亚于仇虎或陈白露，满腔积压着报复心情！我要求党派我到红军中工作，理由似乎很简单——为了泄恨，为了报仇！为了痛痛快快的干一场！ 1930 年的五一节由上海搭长江轮投入当时游击于湖北阳新大冶的红五军五纵队，这是我生平第二个划时代（第一个是 1926 年的由团转党）。

这一发展过程，离家，投军，进学，入党，最后到红军内，培养成为今天的习性：生活上的刻苦性，对物质享受的淡薄，刘少奇同志所说我之“严以律己”，我没有大吃大喝未嫖过赌过，从人家手中送过来的可怜钱，消费在吃饭上了。同时，也养成了“求知欲”的习惯，以未曾受过系统的教育为一生的憾事！尤其是自然科学和史地知识。红大和抗大加在一起，时间才只十一个月！在党的督导之下，努力自修，短短的家庭教育，即是长长的党的教养了。而在另一面，这种长期的“被迫害的痛苦”生活和二十年军队生活，又养成了自己的弱点，如前给军部刘政委饶主任①的信中我写的“自己是一个急躁、主观，涵养不够，修养不够，党性锻炼不够的党员，经验虽然有一点，理论实在差得可惊！”此亦即曾对你说过的所谓“老干部”的典型吧。假如硬要原谅的话，这或即是三十五年的生涯中，仍未失“赤子”之心吧？前天笑谈中之言，满面风霜，应该是象征着饱经忧患的啊，（写至此，炉火早熄，灯油将尽，深夜两点一刻了，你一定睡得很甜蜜，明天继续写吧）。（以上是17日——即你回研究班的那天——夜写的，由于过年事情堆起来，两天来开会看文件分干部弄得精神不能集中在写信上，而心里反愈为急躁，企图将信很快的送到你的手里，说不定你已在盼望着。19日午后4时半附注，此刻又到小庙里来了，继续给你写下去。）

我认为我没有染上旧社会的一切坏习气，我尚能保持住我的“纯真”。亦即是说，我仍不失为一个天真的人！我也相信，你决不以我的这些话为吹嘘，除去此次对你，别的任何人我都没提过。

前夜在写信间，重新翻读了我题为“相印集”的你的来信，厚厚的一束，并将日期重新校正了。自然也免不了感触的！自头至尾烘托着“纯洁”，“豪爽”，“钟情”，“明快”。同时，也体贴到你的心情的矛盾痛苦之后的果决明断，终于促成了“9月24”。我不是一个神经麻木的人，而且也不是一个只知有己不知有人的人，老实告诉你，

---

① 即刘少奇和饶漱石。

我何尝没有几十次的想到 ×？不然，为什么在婚前婚后笔头口头总嘱咐着你向 × 写信向 × 谈话呢？想想，我有什么理由和权力来干涉你们过去的爱呢？而且事情已经过去了，我又有什么理由和权力来侵占你们的“过去”呢！？我不会而且也决不是那样一个闭塞的人！

那么，又为什么会有“八小时”问题的发生呢？一言以蔽之，那完完全全是由于“时间”，长长的时间，满腔心情无处排遣呀，急躁啊！加上，男女之间，我又是一个没有经验的人，任何事情，比如打仗和男女之间，倘若没有经验，总要表现其不深沉的。打仗的经验你不如我，当然你不会有我深沉，想想你一次在宿南随卅一团行动的时候？男女之间的经验，我不如你，当然我也不会有你深沉，想想这一次的“笑话”，事过境迁，的确令人好笑！是的，在这个问题上，我真是“不过如此”啊！你应该体会到这个没有经验条件下的不深沉啊！

所以对于 ×，特别是对于 ×，应当继续保持着友谊，而且也不应过于延长了写信的时间。也不应过于有所顾虑。我仍然像从前一样的督促着你。我打算用事实来证明我这个人的心迹好了。

所幸，通过了这个笑话，使我们相互间进一步的了解了。

陈军长回军部时，我给刘饶两同志的信中曾经提到我的毛病说：“对干部要求过高过多过急，然而又没能够都如意，于是不耐烦起来了，求全责备起来了，甚至更进一步的‘苛求’起来了。”刘政委前年劝导我说：“你是一个律己严而又要人家像你一样严的同志。”我承认这一点。三年以来，特别是会议以后，我在极力纠正着，据一般同志说，进步多多了，然而还有残余，这残余又表演在“八小时”上了！唉……

裕群弟，你是能够体谅我的人，请你批评我鞭策我！不应有一丝一毫半点半滴的顾虑！向你宣誓，我是尊重着你的人格的！

有感觉的想发泄一下好，然后心里才痛快！这也即是写此长信的所以然。假若你有时间，复信，我自然是高兴快乐的！若无时间，只好面谈。不过我总希望和喜欢读你的长信。

其他的信，都还次要，唯有这封信请你永远保存起来，同时，也不必让第三者看。

祝福你，祝福我们的生活，祝福我们的前途。

雪枫　1942 年 3 月 19 日午后 5 时半于半城

# 十

玉琼：

今天忙，客人不断，文件满案，使人头昏。

读书是认定一本读得透，不要东看一本，西看一本，即使是参考，也只是“参考”，不必贪多。也不必着急。

更安静些，更会神些，一心一意向着读书，青年人都应如此。

今天你打电话，我不大听得清。

雪枫　26 日午后 3 时晚饭后 1942 年 3 月

# 十一

玉琼：

八个月不曾行军，这一次为了和部队“共甘苦”，决心不骑马，因为穿了新草鞋，当天五十里，两只脚都打泡了，今天勉强又走二十里，简直不能行了，只得骑马，到管镇已经东扭西歪了，两个大泡，怪疼的，抹点洋油，不久会好的。

管镇群众对我们是故人相逢，十分振奋，招待谈话，腾房子借东西，异常周到，大家都说，这较之半城，不可同日而语。我住在集外一个孤独人家，上房住房东家，六口人，老夫妇少夫妇，一男学生一女婴，其乐洋洋，使人羡煞！首先那副门对联，就给人以颇佳的印象，对联是："过境我军情不厌，到家同志话偏长"。园菜围绕家屋，院内月季花盛开，少妇的头上轻插一朵，另是一番风趣。人们觉得，管镇的女子，和高良涧差不了许多，明天打算向部队讲话，要大家"注意"。景物是好得多了，四野气象，使人愉快！倘若可能的话，我们打算在此较长期的住下去，即便离开管镇，也不愿立即开回半城去！宁痛饮□□□□□也不愿意喝半城之水了！我们找不出半城有什么值得□□□□□□□□大街上之石头乎？粪坑乎？一块□□□□□□□□□□惦念着，意见要和组织好好的商量，不过于坚持己意，免得给人以不良印象。

到管镇离各机关较远，各方线索尚未接上头，这两天当较清闲些，读书之外，拟写的两篇文章，大概会完工的。部队工作，图更深一层的干。月夜朝露，缺一密谈良伴如裕群，为憾事耳！

祝你健佳

隆中友人[1]

5月10日夜11时10分于管镇

为了不一定何时重回半城，你的工作，我意先暂时性的，参加麦

① 隆中山在湖北襄樊，是诸葛亮隐居的地方。林颖是襄樊市人，故彭雪枫自称隆中友人。

收之后再行确定为佳，否则暂分配到泗南亦好，我没有肯定的城府，请你慎重考虑后向区党委建议可也。

我已开始读《战争论》了。《真理》合订本看完后，望交妥人带回，高级学习组研究政策时将作参考。

12 日晨又及

## 十二

小群：

分开恰一星期，觉得已经好久似的。12 日寄去之信，到底见到了没有？天天等着回信，天天总是没有，不疑你不写信，只恐你身体又来不及了，这几天吐了没有？让人担心！又怕你已分配到乡下去了，信你不曾见着。可是前天通讯连长说你打电话了，惜于听不清。

从上海寄回一大批书，琳琅满目，令人神飞！鲁迅的三十年集，全部摆在桌子上，朋辈一来，即相翻阅，此中大有乐趣！此外如巴金之《家》《春》《秋》，爱三部曲，以及《大地》《子夜》、达夫代表作、《论语与做人》等一大堆，我喜欢极了！书报一到，在我，等于"有朋自远方来不亦乐乎"了，可惜你不能在此一同欣赏！你需要读哪几种？来信说明，为你寄去。

然而，主要重心则应从事于研读基本的书。《战争论》（那是一部名著）我已经读了二分之一了，原定于半月包本，不，五天即读一半，倘无他事耽搁，十天内当可完工。人们怡然自得之时，即为文章写就、名著读毕之日，快哉！

一涵[①]同志老成练达，你应以大姊视之。昨曾致伊一函，曾略为道及，盼得暇即与之过从。

本日完成《悼启邦同志》一文，约四千字。追悼文字，不常写，但情之所激，未觉其长，印出后望你品评。以上为昨夜所写。

特着赵运成来看看你的情形，并送上手巾、牙膏、牙刷、肥皂诸用品。水果这里同样买不到。稿费尚未领来。

生活近况要详细的写来呀，写信是应当摒除于懒的范围之外的！

我还好，唯近日睡眠不足烟又吃多了，否则不能支持，倘若没有，我还是不会吃的，之所以吃，就是由于烟还有。

五日以来德苏大战，克里米亚刻赤半岛，苏军后撤，但中路库尔斯克至卡尔科夫之线，苏军由丁摩生科指挥，大获全胜，俘德军数万人，德向西溃退。缅甸日军大活跃，已攻入云南南部，一路向保山前进。张发奎白崇禧陈诚等纷赴前线督师，蒋已赴昆明坐镇。由于最近英美在珊瑚海（澳洲东北）大胜，日本北进兵力受到箝制，或者会略缓一时再北进也说不定。

《静静的顿河》第一部（不顶好）送来。你处之不需要的东西即交赵运成带回来。

此祝

康适！

雪枫　5月16日9时半于管镇

① 即邱一涵。新四军政治部主任袁国平的爱人。

# 十三

群：

自派赵运成送信之后，天天望着他回来，第二天不见回，第三天又不见回，心里十分焦急，要徐永文打电话，天雨又打不通，不能不使人忽想瞎猜。今天午后赵运成回来了，真是喜不自禁，他娓娓而谈，来往经过以及和你见面谈话的情形，又看了他带回的 15 日和 16 日晚的两封信，心中舒展得多了！

这一次的离别，大不同于过去任何一次，依依之情分外浓厚，六七天不得音信，总觉得若有所失似的！心神为之不安！长此下去，怎么得了！？

我不愿意你到淮宝去，自然那里较熟悉些是好的，但十一旅已不在那里了，而你的病又不好，长途跋涉，孤单的远处一方，不便之处太多，我实在不放心你的身体，何必要人家额外担心呢？湖西的朋友又比黄蕙贞们多些，寂寞的时候，有人谈谈，加以我们通信又方便些，不好吗？还是不去吧！自然，这在于党的最后决定和你自己的主意，我决不勉强你，倘若决定去，只有去好了，只有勤于通信之一法□□□□。

□□□□□□夜呢？永远也不会忘记的！

结婚和生小孩子是容易消磨女同志的意志的，种种难言之隐，会逐渐使人消沉下去的。若能打破这两个关，才是刚强的人。裕群已经勇敢而又顺利的闯过了第一关，如今遇到第二关，应当是有了更丰富的战斗经验了，而且必会有更高的勇气了，胜利自必操左券的，何况又有你的最亲近的人在一旁为你协力，他相信你一定会“出众拔俗”的！德国有一句谚语：“重大打击决不能击倒坚强之人，反能增强其勇气！”裕群，记着，你是个坚强的人，你是那个自幼从苦难之中奋斗出来的人的永久伴侣！我们是敢于而且曾经向苦痛挑战的人！豪情胜概是永远不会离开你的，一如你的爱人永远不会离开你一样！

“二马”为了实现她结婚的诺言，前天送给我两块小方格子的绸手帕，我复了她一封信，表示了我的谢忱。一涵同志处也写了一封信给她，嘱托她今后多多的帮助你，她是一个可以敬佩的人，尤其是她们夫妇间十年如一日的亲爱精神。苏韦同志对人很亲切，我希望你和她交成好朋友，并代我问她的好。

墨水一瓶送来你用。夜深了，我也该就寝了。房东的少奶奶送的一瓶红花，入夜则香气分外袭人。

盼你好，精神愉快，呕吐停止！

雪字　5月19日夜1时30分

这里经常有通讯员去，我如有信即由其带去并直接交给你，你逢有信可预先写好待通讯员去时交他带回。以免交收发处转递缓慢。

致二妹函并飞□相片即由我处发出。特将原稿付来你阅。

## 十四

群：

今天是“我们俩的日子”，光阴如箭，已经八个月了！夜月如洗，而你又旧地重游了，不能共月倾谈，真要使人叹一声“如此良夜何！”了。

既已决定去淮宝，我也只得赞成，不过很担心你在湖中晕船，晕船了没有？告诉我！

到淮宝，在不妨碍你的工作和健康的条件下，应当有计划的分访各方面的新朋旧友，并代我问候他们。倘有机会，到五旅部去会一会成钧旅长和赵启民政委，他们都是我多年的老战友，彼此很忠诚的。卫生部更要去一趟，病的同志很需要安慰的。

我们的别离，除去淮海区那一次，就是以这一次为最远了，所以也分外的惦念！尤其是你在病中。千万不要为了争胜，以致影响了健康，你的情形应当告诉负责同志，免得人家不谅解你。

我还好。你的嘱咐，我当照办，行动上自以小心为好，不过也还不要紧。可是我们住的这一家，就是一个三番子头子又兼特务机关，怪讨厌的，谈话打电话都不方便，要搬家又无合适的房子。才来时由四科买了十块钱的糖果给主人的小孩子，昨天他们请我们吃了饭，菜是那位少妇做的，既好看又可口，大家赞不绝口。她不大说话，对我们还有点躲躲闪闪，我们都以君子之风对之，即：彼此不理。

《家》快读完了，一则巴金的作品从来没看过，读一本他的代表作，也好了解一下作者的作风。二则也还是由于你的介绍，说的怪引人的！还记得半城之夜共读南京画报中关于家的电影照片吧？一般说来，文笔也还流利，但不十分出色。内容以反封建为主，也还没有失去"时间性"，他们说阅家如看文明剧，似乎有点过火。比如管镇黄秘书住的那一家，就有一个大姑娘，被祖父拘禁起来，不允许出门。一次逃反出去了，爱上了一个人，归家之后又是不准出门，日久天长，害了相思病，疯了！家里人说是鬼附了身，拜神求仙，闹得不亦乐乎，她的祖父还叹气说是："家门不幸"。这个祖父大概是"家"中之高老太爷一流人物吧。不过我以为家中之三兄弟表姊妹的婚姻都不自由，则未免有点"巧合"。家中人物，我很爱"琴"，很同情"梅"，很喜欢觉慧，很讨厌觉新（大哥），很佩服鸣凤（丫头），很轻视剑云，很尊重瑞珏（觉新之妻），其他则不足道矣。

总以没有便人，寄家的信，仍未发出，你既到淮宝，还是交你亲寄吧。

滕旅长来信又提到王彬过湖西问题，原本政治部已决定调李德新到地方，以便代替王彬来湖西，不知怎么县委又分配王彬以一个月的什么工作，王不便推辞，而她则极欲迅速到十一旅来，他们新婚三天即便别离，如今四五个月了，自然在人情也说不过去。我已函子久，最好快点把王调过来。另复滕旅长，说即函你当面与张灿明同志谈谈，并与王彬会会面，倘有可能，偕同王彬于夏收后一路回来更好，并请你函滕旅长，使之放心。

敌人又有扫荡之模样，我最近恐又不能离师部远去，总想出去，老是不能如愿，怪闷人的！

前送来之鲁迅的《故事新编》，很好，你必须一看。

高锦云什么时候由湖东回来了？你来信老不详细。她也没有来。江彤要《子夜》看，也没送去。

5月份零用费发了，连稿费共十元钱，给你买东西吃。

老是盼着你的信，可是又估计必在一个星期之后。

好好的注意休息，保养！出门时一定要有同路人，也好有伴照顾。

玉琼雪字　5月24日之夜

## 十五

群：

趁林部长回湖东之便，将信并报纸电讯带给你，附带再写几句话。

本期报有我的一篇文章《所望于政工会者》，由于人家催稿，乃一晚时间所急就者，今天陈部长来谈，说写得较之过去更通俗化了，似乎很好云云，这不由得使我大吃一惊，那是一时来潮情不自禁，一直就写下去了。不过人家说好，总是高兴的，这是一般人的恶习气，我恐怕也不能免俗。但总希望人家给以严格的指责，批判，这也是共产党人的进取心吧。对我的文章，你常是站在批评的大门之外的，能从此后改变主张么？

“家如夜月圆时少，人似流云散处多”，这几天不断的暗诵此两句诗。

雪琼　25 日夜又及

## 十六

琼：

刚才又接家书两封，我冒昧的拆阅了（请原谅），鸣[①]苦苦的要你回去，诚不知何故？忆先[②]到（倒）是个天真的孩子，他们夫妻之间倒也富于乐趣。由忆先信中所传家中对你的“鉴定”——外性感而有男子气度的女孩子，颇聪明智慧，富吃苦耐劳的精神，情性高傲，施压力决不会屈服的——因之他对你“敬爱”“钦佩”，“你太伟大”了。在忆先想，我应当是如何幸福的一个人了。

在旧观点（对旧社会）说，这种性情的确是值得钦敬的，这是好的一面，但在另一面则是很大的缺点，小资产阶级的固执高傲性。像忆先他们是不懂得的。你应深自警惕！

龚某[③]似已另有所欢了，一笑！

5 月 30 日晨又及

① 即宗鸣，林颖的小妹妹。
② 林颖的妹妹宗毓的丈夫。
③ 指龚经笥，系家庭为林颖所定的“娃娃媒”对象。

# 十七

群：

6月3号，上午接到你25号由淮宝寄的第一封信（那样的慢），当晚又接到通讯员带回的第二封信（这样的快）。知道你旧地重游的情景，而且呕吐也略好些了，很为快慰！那般渴望着你的姑娘们诚挚的爱护你，以其亲手缝制的东西赠给你，一定可以减去你旅中的寂寞的。那心情我可以猜得出。

短短的时间，就发生不少的新鲜事，也可以拿“一言难尽”来形容了，先拣几件较大的（其实又不是什么了不起，不过我觉得有使你知道的必要），告诉你。××× 和 ×× 已经变为“朋友”了，双方都情愿，缘故是离别得久而又离别得远，其间有不少的所谓“猜忌”，而基本上还是两个人的个性太合不来，虽然结婚了，并没有浓厚的情感（× 语），加上离得这样远又这样久，所以也就“各行其是”了，这很与 ×× 事件相仿，× 与 × 似为一类型人物。× 征求我的意见，我没有提出反对的意见，不过嘱咐他不要过于刺激了她，而 × 亦可谓仁至义尽了。

徐从上海回来了，带了一批“洋学生”（女七男三），花枝招展的，管镇街上开眼了。其中之一是任部长特为介绍给你的，并为任带给你一本诗集（附来），手帕。其中之一是十一旅侦察股长方学的爱人，五年之久不见面，特为来找他的。其中之一前在一师被敌俘去送上海释放来我师的，今天他送我数十张日本人画的画片及相片之类，特送你十张赏玩，另日本姑娘相片三张。这些人大半高中肄业，拟送她们到抗大去。我们拂晓剧团的女孩子对她们的评论是“没有一个好看的”，就是衣服穿得花。

一涵同志来开政工会了，偶尔谈起袁[①]，遂即泪流满面，她是这样伤感和孤独！想她清夜孤灯，当必时常饮泣！我不知道如何安慰她才好！？你给她的信交给她了，随后她向我要信纸信封，总会有信复你吧，每天开会怕也无大时间和精神，因为彼此忙，我们只谈两次话。无论如何你要常写信给她呀！那样一个寂寞的人！

一星期来，一天忙到晚，开会（政工会我也没有好好的参加），谈话，应酬，请吃饭，有六个晚上是下一点半或下两点睡觉。次晨我委托警卫员强迫我于6时起床，不过午觉还可以睡两个钟头。有三个夜失眠了，这是我生平的初试，那种苦味真是不易支持，左右睡不着，只得半夜起来看小说，头脑晕沉沉的，从天上想到地下，从你想到北平的李桂敏，老实说，我宁愿夜行军，也不愿夜里失眠。这几天又好了。

这几天由于指挥各部队各机关，通讯联络的困难，大家又感觉到管镇太偏了，想来想去，要能如此适中，如此住得这多的机关，还是只有半城好，于是有人提议麦收之后还是回半城，人们的心情是这样富于变幻性。不管怎样，半城终究是要回去的，不过早晚而已。

我们今天开始侦察会议，约五天闭会。接着“五卅”开政工会议，约需半月，政工会我不打算参加，或者到沱西去，或者经淮宝到淮南去，都说不定，也许我们有可能在半城相会吧？我祈望着！

目前国际局势极为紧张，德苏大会战于卡尔科夫，刻赤半岛苏增援部队反攻，这一会战将决定于德夏季攻势之局，祝告马列在天之灵，胜利属于红军吧！缅甸北部英华联军打了一个大败仗，英军被俘约二万人，我入缅军三万人亦向云南边境溃退，刻日军已越过云南之怒江，向保山（即永昌）猛进中。保山在大理西南约二百里，在昆明

---

① 指袁国平。

正西约七百里，为经大理到昆明之大道。重庆及昆明当局颇为仓皇。极力广播要国人“镇静”。这一来，大概没有更多的心思“□□□□潮”了吧！然而，我们准备着。华北扫荡仍极严□□□□播台詩张着“胜利”。

《子夜》已经送给瑞龙和江彤了，不知道你是以《铁流》（是《铁流》不是铁牛，你弄错了）为交换条件，我当再去信催要。

湖西之麦，大部割完，管镇区只剩小部，直属队割麦忙，大家都甚活跃，今晚偕邓政委并子久外出散步，我帮助割了几把，遗的麦太多，主人不愿意，拾麦的女孩子欢喜了。

你的近两封信，遣词用句，都别致新颖了，这是阅读文艺小说之力，难怪中央鼓励干部看小说（当然不是主要的），我劝你多看小说和文艺性的作品，这不仅可以提高文化水平，而且可以增加社会经验（古人的）和修真养性。外国小说为主（旧俄和苏联的），中国小说也要读，如《三国》《水浒》（你读完否）？《红楼梦》《儿女英雄传》《镜花缘》《儒林外史》《老残游记》，必须一观。我的《战争论》只剩了一个尾巴了，小说则打算读《死魂灵》《茶花女》我没有看过，请你寄给我。

报纸电讯即按期寄你。附来剪报短文数篇，颇有趣，可便中一读。

布待郭过湖后送你。

注意健康，时时刻刻注意健康！

枫　6 月 6 日之夜亦即 7 日之晨 1 时 40 分于管镇之一角

# 一九四二年（下）

## 一

颖：

10日晚信于12日收到，由高同志带来之信（未见时日）于今日收到，均不谈身体近况，颇为悬念，呕吐是否已经没有了呢？真是急人！

某些人们风言风语的中伤之词，自在我们意料之中，你我亦决有此勇气迎接它！我想最佳的态度是一笑置之，而且也只有铁的事实和公正的人代为辩驳，这种辩驳当给此辈“好事者流”以迎头痛击，使之身败名裂！我实不解，这些人何苦瞎费精力专门讽潮（嘲）尚未完全处于平等地位之社会的今日的女同志！？在他们，或者认为夫妇之间不应相爱即不应“在外边逛”，而应变为路人或者仇人，相互不理，永不会面，或者叫女同志大门不出二门不迈，夫妇们只有在沙漠地的人烟绝迹之处才能见面才算是天经地义吧？！这样才适应彼辈之“三从四德”的教条吧！？好一片糊涂的封建残余！

一个人——尤其是“封建头脑”者眼中的女同志，要想没有人攻击或者冷言冷语造谣中伤，那等于自己提着自己的头发离地登天！好人坏人，勇者懦夫，君子小人，成年儿童，谁能够讨好一切呢？谁能够没有多或少的反对者和永远不谅解的人呢？凡事哪能尽如人意，问题在于“但求勿愧我心”而已！如能善于反省自己，日日新又日新，不断进取向上，一个共产党人，顶天立地，仁至义尽，一切卑鄙无耻的飞短流长，由它去吧！

我非常喜欢你对于这些无事生非的小人们的中伤之词所采取的态度，你认为这是推动你日益进步的推动机，对的，完全对的！我们只有大仁大义待人以诚，事情是不会失败的！对于那种故意中伤，藉图报复的无聊勾当，置之不理。不是有一句俗话叫做“大人不与小人怪”吗？倘若自己听到这些冷讥热讽即便逢人解释到处辩驳，那反而成为怯弱者了。林与枫不是那样的人！我们应保持着党之正风和浩然之气！想一想，鲁迅之一生是怎样苦斗出来的？毛主席之有今日，是在不断的攻击讥讽反对之中斗争来的，一部党史，即是一部斗争史，终久会要最后胜利的！裕群是一个坚强的人，我祝望你益发坚强起来！不是有一封信中，我为你引了一段德国民谚吗？它说：“重大之打击，决不能击倒坚强之人，反能增强其勇气！”你我应永远记着。

也不要说你了，即使是我，一个男性而且还是所谓“首长”，攻击我的，讥讽我的，反对我的，不谅解我的，难道还不多吗？一年以来我采取的什么态度？除去工作上应当接受的正确批评外，对于那些含有敌意的造谣夸大之词，我自始至终即抱定一不辩驳，二不迎击，三不伤神的宗旨，近来不是逐渐的好转了吗？孟子说过：“至诚而不动者未之有也！”精诚所至金石为开，群，请你永远记着并坚决执行这些格言！不是在虚荣也不是在“地位”更不是在功绩，而是在“政治家的风度”上表示共产党人的伟大。

去冬，半城张塘途中，我们的相勉，不是说过：“不能不顾及舆论但亦不为舆论所左右”吗？这句话，要辩证的了解！

上海寄来一本《罗斯福传》。我很有兴趣的读完了，特送给你，要求你无论如何抽空去自头至尾的读一读，罗斯福虽为一资产阶级的政治家，但其为人处世确有可取之处。罗斯福对于反对者的“恶意的论文，苛刻的嘲笑”，抱一种什么态度呢？他自己说：“我由反对派的报纸学到许多东西。要是我有权力，我决不钳制言论自由。他们愈攻击我，对我愈有利。”（见该书 189 页）

别人愈嫉妒我俩的相爱，反而愈使我俩相爱！这是我们——共产党人夫妇的权利和义务！

（以上 16 日夜写）

怎么忽然会想到回家这件事了呢？当接到你的信，读了这一段之后，使我异常的难过，一个人绕鲍集郊外一周，我愁虑起来了！我益发认识了“女人”之处于今天社会上的困难！那困难是一般男人尤其是未婚的人们所不可想象的！同情与伤神交袭着无告的心情！一副“别离”的图画立即呈显于想象之中！仰天长啸，无以自解！经过我仔细的考虑，我的回答是否定的，理由如下：

（一）中央号召之黎明前的黑暗，要求全体党员“咬紧牙关渡过两年”，而恰在此时你向党提出回家生产小孩子，内心的苦衷人家是不会也不愿去谅解的，反而会说你不能咬紧牙关了，甚至会说你躲避困难了，我不愿意自己的爱人受此无名的“嫌疑”。

（二）目前部队及地方上的孕妇不止你一个人，倘若准了你，别人立刻照样援例，是准呢不准呢？这不仅牵扯到你而且更牵涉到我，人家会说某某人的“太太”究竟是“高贵”些，这会给人以更有利的攻击嘲讽的实际材料，为了将来，如何解释呢？

（三）更主要的还是旅途之上，有异常之大的危险性，敌区伪区顽区，坐船上车步行，以一女子而又无妥当护送之人，住店行路难关重重，加上你是一个“女子”，处此荒乱年光，摧残人权乃家常事，你叫我如何放心得下！？请问如何放心得下？你想了没有？我一千一万个不放心啊！

（四）别离的苦味，难道我们还没有尝够吗！？以你之心度我之腹，离别的苦痛是如何折磨人的心情！？为了同志之间、为了夫妇之间、为了战友之间的相互安慰和鼓励，我们不能够相离得如此之远而又如此之久！为了使我为党为部队不致分心，不致忧虑，不致常年累月的焦急，我不愿你如此做，我一万分不愿意你如此做，你也不忍心如此做吧！？

（五）即退一万步说，平安到家了，生产和照护这一面得到解决了，然而你的家乡是在什么样的人和鬼统治之下，你想了没有？那种封建的保甲制度，法西斯的特务工作，你，一个曾在五战区出头露面的女孩子，人家能放得过你吗？人家能饶恕你吗？最近电讯中所登的何彬李惠馨是怎样死的？法西斯的魔手，即便家中母亲有如何巧妙的外交手腕，能抵得过吗？

（六）加以旧家庭，又是极易消磨革命意志的所在，一面既无党的文件供你阅读，一面反有家庭天伦之情将你拉住，母女之爱出自天性，母亲看了你的消瘦的相片尚为之十分感伤，一旦回乡而又远离，她老人家放你吗？她老人家放心吗？

（七）即便上述诸点都能顺利解决（不会的！），你又要想想，当此国际国内正将起着急剧变化的年代，一个月之内会有沧海桑田般的大变动的，那时候交通允许吗？情况允许吗？道路允许吗？何况来往必须要八个月到一年之久！不要把问题看得过于简单了啊！当波儿[①]与泊生相别时，不是也曾想象着不久之后必会晤面吗？然而七年了！七年，是多么骇人听闻的长期！而且还正在增加着呢！一在天之南，一在地之北，甚至连通讯的条件都被剥夺了！我想，这是环境所给予

① 即陈波儿，著名的戏剧家和电影艺术家，任泊生的爱人。

有亲人的人们的极大残忍！躲避之无暇，还要硬着头皮去钻吗？这是一种不智之举啊！

裕群是识大体顾大局的人，当你浮起了回乡之幻想的时候，正是你受了一些冷言冷语的刺激之后一时的激动，事后，你已经必定想转了，即不然，当看了我以上所提出之七大理由时，亦必为之冰消云散了！是吗？能吗？

为了你的安全和我的愁虑，请你概然牺牲了你的提议吧！我要求你！

我于11日之夜来鲍集抗大，匆匆已一星期。自晨至夜，谈话，开会，上课几无暇时，精神与肉体均颇困惫，加以两星期以来，情趣不佳，午睡与夜眠，恶梦连绵，至为苦人！为仁和集以来所未有者，不知何故？好在麦收期间，前方将士均能用命，获得不断胜利，尚可告慰耳。

青纱帐起，拟7月初仍移返半城（希勿外宣）。政工会须八九日后始能结束。当此反共军东进可能性甚少，敌人扫荡受阻之夏收到秋收的三个月内，为我切实整顿地方工作及部队工作之最好时机，大家都有励精图治之决心，天不负苦心之人，去年路西之损失，到了补偿的时候了吧？

《战争论》读完了，得益良多。续读《孙子兵法综合研究》一大部头军事理论，尚未开始。小说则读《死魂灵》亦未起头。《茶花女》又在盼着到来。

特着赵运成送衬衣，汗衣，扇子（沪某书家赠送者）日光皂，罐头（某商人赠送者）来，并探视你的近况兼口述我的近状，到时盼与之细谈。另《军事杂志》一本及该刊稿费十元，盼一读！

你的来信，常常不能满足我的希望——总是那样的短，难道忙得连长信也不能写么？

此刻，为端阳节之前夜，每逢佳节倍思亲，湖之东西，谅必有同感吧？

下次再谈吧。

紧紧的握手！

枫　6月17日亦即旧历五月初四日之夜于鲍集抗大校部

## 二

裕群：

赵运成带回之信并《茶花女》均收到。

你的身体仍不健康，不应过于勉强，致招大碍，且亦易于引起各友好之挂虑，深望珍重！我是极力避免向你提出要你回来或者什么的，不过今天不能不提出了，为了你的体力的将来，理应及早回张塘将养为佳！

昨在鲍集与高锦云同志晤面，她要求你能够快回来，另致你一函，同封附来。她前次给你的信是诚恳的是对的，你应速与复信。

到抗大住了半个月，今晚即赴天井湖畔十一旅参加会议，27、28日即可返师部，这是半年来我离开师部时日最多的一次了。

身体情趣不佳如故，夜梦依然奇特。时思仰天长啸，对湖高呼，以寄此情于天地间也！

匆匆草此，余容续达。

祝

愉快顺适！

枫　6月24日午后6时于鲍集

## 三

群：

临去十一旅前曾草数纸并附瑞龙等来函寄上，未知收到否？

我于本日由十一旅回管镇，一切均安。

《孙子兵法》十三篇，已读七篇，且已成诵，对这些书，我决朗诵多遍以求得会背。学习是非咬牙不可了。

近日各方情况当无大变，我们仍拟依照预定计划行动。

直属队最近请示结婚者不下五六对之多，其余“待机”者亦不少，有点批不胜批之感，但一般的还是批了。

回师部后，又热闹了许多，故心情较前亦略佳。惟有许多话尚待与你当面倾诉也。

电讯所登之毛主席的《反对党八股》，文情并茂，请你多读几遍。

带去之鲁迅卅年全集中之两本读完否？《静静的顿河》读完否？《罗斯福传》读完否？前嘱之旧小说数种找到否？一读否？

日来健康如何？精神如何？心情如何？不胜念念！

雪枫　6月28日夜于管镇

## 四

群：

7月2号由周桥发来的信并送来的桃子都收到了。桃子比湖西的软而甜，大家吃了很可口。但据通讯员说沿途碰到一些人，知道是你送的桃子，他们很机动的抽捐上税，去了一大半了。

古人有句话叫做“士别三日即当刮目相看”，缘故是他在不断的转变着，这是很合乎辩证法的。由于你这次的信，的确你在意识上又进了一大步，那就是你的克已功夫，能够克制自己，而且也不是盲目的或冲动的，而是经过了一夜之间的“矛盾的斗争”，终于胜利了，贤妻有些进步，愚夫理应祝贺的啊！

关于交友——待人接物问题，根据来问，答复如后：你说对待比自己强的同志已毫无妒意，并能以诚敬之心待之，这当然很难得，尚望你百尺竿头更进一步。曾国藩的家书和日记（我简直变成一个曾氏的研究者了！一笑。）充满了“严以律已”的文句，的确发人深省之处实多，还是抄几段吧，比如——我最喜读他的《忮求诗》，《不忮诗》为：“善莫大于恕，德莫凶于妒，妒者妾妇行，琐琐奚比数；己拙忌人能，己塞忌人遇（自己拙笨怕人家能，自己没有得意怕人家有出路）；己若无事功，忌人得成务（自己未立事功，怕人家成功立业）；己若无党援，忌人得多助（自己无人援助，怕人家得多人的帮助）；势位苟相敌，畏逼又相恶（同行相忌相轻之意）；己无好闻望，忌人文名著（自己无声望怕人家出了名）；己无贤子孙，忌人后嗣裕（怕人后嗣好而多）。争名日夜奔，争利东西鹜；但期一身荣，不惜他人汙（只顾本身光荣不管人家污辱）。闻灾或欣幸，闻祸或悦豫（幸灾乐祸之意）；问渠何以然？不自知其故（问他何故？自己亦莫名其妙）。尔宝神来格，高明鬼所顾；天道常好还，嫉人还自误；幽明丛诟忌，乖气相倚伏；重者栽汝躬，轻亦减汝祚（重则祸延本身，轻亦减去福气的）。我今告后生，寂然大觉悟（努力反省自觉）；终身让人道，曾不失寸步，终身祝人善，曾不捐尺布（终身给人让路也不曾失去寸步子，终生祝人为善，也不曾损捐一尺布），消除嫉妒心，普天零甘露，家家获吉祥，我亦无恐怖。”

我知道你是讨厌文言文的，然而不入虎穴焉得虎子？还是抄下去吧：

“胸襟广大，宜从‘平淡’二字用功。凡人我之际，须看得平，功名之际，须看得淡；庶几胸怀日阔。”

“安得一二好友，胸襟旷达，萧然自得者，与之相处，砭我之短，其次则博学能文，精通训诂者，亦可助益于我。”

“择交是第一要事，须择志趣远大者。”

既交友了，又怕人家存戒心，不易接近，那只有靠自己的一个“诚”字，日久天长，自能潜移默化了。曾氏又说：“凡与人晋接周旋，若无真意，则不足以感人。”“凡人以伪来，我以诚往，久之则伪者亦共趋于诚矣。”

古训中有“精诚所至，金石为开”一语，倘我已以诚待人，而人对我仍存戒心者，则首先即应反省自己，看诚得够不够，诚之功夫用得到家不到家？诚实是虚伪的反面，为古今中外所共认的美德，我辈应以此二字共励共勉。一年以来，我在这方面用了不少功夫，最近曾收到了颇大的效果，帮我亦为窃以自慰，详情面叙吧。

至于对比自己差些的人，则应于诚字之外，再加上一个耐字，这首先要从思想方法上着眼，即不要片面的去认识一个人，任何一件事物均有其短亦有其长，，有其恶亦有其善，倘能耐心与之接近与之畅叙，必可发现其优点长处，而且在共产党人的立场说，对这些人，更有给予协助的必要，而且在其中亦能学得东西。

你能时刻反省自己，而又能身体力行，这是很好的现象，此亦即所谓裕群之所以为裕群了。此次送来之“二十二个文件”是中央决定每一个党员所必须精读的宝贵读物，其重要自不待言，望你依照封面所题数语努力做去。怎样读法则见《拂晓报》某期登载之中宣部关于研究二十二个文件的决定，及师部训令併区党委决定。今后学习理论，即以此为中心了。

我自读完《战争论》后，接读《孙子兵法》，很愉快的将一厚册（计三百三十三页）与昨日包本了！（你应当贺我，这是自到管镇后两个月内所读的两大军事名著！）我打算（又是打算）写一篇《战争论与孙子兵法之综合研究》，一种笔记性的文章，当作精读的方法，也不知能否实现？如情况允许我想会有志者事竟成的罢？以后，就要研读二十二文件以及有关于二十二文件的各种文献了。但军事理论书籍仍不放手，还打算重新温习一遍《辩证法唯物论教程》，我读书较快（这只能对你说），理解力亦不算低下，这是较比某些同志能够多读所占便宜的地方。

张县长送我一本《忠武志》（即诸葛武侯全集），中有传略、兵略、遗著等，也打算粗读它。上海送来的《资治通鉴纲目》共十二函计百余大本，又在别处搜集些古文释义之类，古书将要堆满屋子了。此种古色古香古味，到别具风趣，知识之在我，向来是如饥如渴的。

你把《论民主革命》读毕之后，即应读二十二文件，还不是三遍两遍而已，是要多读几遍的，尤要写笔记，记反省语录。至于小说，既已开始读《红楼梦》了，便应坚持读下去，前信所开应读之中外小说，深盼能次第一读，不仅看故事而已，对内容教训，文章做法，字句构造，兼致力研究，则所得当必更多，你的文句应努力向“简练”方面注意，由粗心大意而构成之白字错字掉字，则所在多有，亦望努力克服之！

你问我何以情趣总是不佳？原因似乎颇简单（也并不很简单）——寂寞而已，加上接到你提到回乡的信——这都是事后我想出来的，当时则似乎是为了这些也似乎不是为了这些。明达如你，总会体贴到的。

那一天回来呢？来信老是不说，老是不说！

今晚“七七”纪念大会，在台上干吼了一点多钟，声嘶力竭之余，归而为你写了这封长信，夜已深了，户外蛙声齐鸣，使人益作遐思不已，晤面畅叙之期，会当不远乎？？？

祝你

康适愉快！

雪枫　第五个七七之夜 1 时 35 分

9 日我们即北返半城。

## 五

群：

十三天没有写信给你，大概你已等得不耐烦了，缘故是：9 号由管镇移来半城，万端待理，15 号开全师军事工作会议，计五天于今日（20 号）闭幕，每日除开会外尚需处理日常事务。加以五六天以来体力不健，毛病四出，左眼发炎至今未愈，浑身酸疼，头晕头痛，左肋神经疼，医生说这是发疟疾的象征，吃了些药，今天轻松了些，我想不会是打摆子，病不应该亲近我。大致不要紧的。你可以放心！

任部长带一个资本家由上海于前天回来了，他较前消瘦了许多，陈波儿同志于本年 2 月间由延安寄来一信于月前收到，这是很可以安慰任部长的，他们的儿子任克已经上学堂了。假若你还需要几天才能回来的话，请你先写一封信向任致候吧。

你托郭部长处带来那短信上，责备我连去三信都不甚长而且没有谈什么问题云，我诚恳接受，不过你应该了解我是在什么样的条件和心情下写的，短信之不能满足人家欲望的滋味，你也尝到了，你也应当替我一想，我是已经尝得不少了呢！

家里来信否？情况如何？你近来身体和心情如何？究竟何日西返？所谓8月初，有个定期否？差不多的人都担心你的身体，问我你何日回来，我只有回复不知道。另有几个人说你已住后方医院了，我均代你辟了谣。

这几天没有读什么书，小说只读了半本巴金的《春》是续《家》的。二十二个文件尚未开始读，该书印刷无多，地方及军中事后前来索要者颇多，军中者都已编入号码，送你之一本，希妥为保存，否则便没有了。也不知地方上发你们不发？

精神来不及，不写下去了，希望不再写信，就已会到你的面了！两月余之长别，语多话长啊！

祝你

珍重！

雪枫　7月20夜22时半于半城师部南窗下

# 六

群：

昨天接到两封信，一封是三妹寄的，途中检查打开后即未封上，一封是忆先寄的，是我拆开的。从南阳寄信来使我很奇怪。特别是读完了宗毓的信，那种手足姐妹之情的流露，家庭中对异乡游子的关怀，简直无微不至！我读了两三遍，深深的激动了我！家里的人是那样的爱你，从这一封信中就可看出你在家中的地位了！关心着你的党，你的亲人，都望着你坚强前进！你应当以不断的一连串的辉煌事实去安慰他们！

同时，在信中又可看出你在淮宝所寄的家信，词句之间不知如何的激动呢！当然你当时的难过也可以看出来了！使家中特别二位老人家为你伤心，我以为你有迅速复信说明解释的必要，使他们在想象中不以为你是在过着如何难过的日子！尤其他们对我不了解，简直到了莫明其妙的地步，比如要我到汉口去到南阳去，虽然可笑，其实人家不了情况呵！因此，我们的生活状况，我们的为人，应当不使他们发生误解，比如说家中“亲友议论”，他们把我们不知想象成什么样子了呢！前次方坤回汉口，我曾托其哥留通讯处一个，以便樊城家人（比如像连娃）去见见方坤，也好知道我们的情形，通讯处是：“湖北汉川系马口刘惟一布庄”，刘惟一即刘清明同志之兄。你可以写封介绍信给方坤，连娃持信去见她，大概总可以谈谈，也好使家中大小放心，至于忆先，他也回封信给他，谢谢他们的关怀，至于我的家乡情况可以不必告诉他，以免“特务”捣蛋！甚至影响到两个家！彭德怀同志湖南的家就是这样遭难的，你可以看信中不是说：“襄樊空气非常紧张严肃”吗！你还说（当然是宗敬说）要回家呢！琳妹之信同样没有脱出我所说的七大理由之一之二之三吧？！

局势一天天严重了！从华北到华中，大小程度虽有不同，但接近胜利时之最艰苦的一段路程必须要走的！我们应当积极准备！中央最近严重指出精兵简政之必要，淮北工作一向未曾注意及此，这一次会议，我们曾数次大声疾呼了，会好一些吧？但愿孩子生下之后，时局再动荡吧。当看到毓妹的信，说到他们对你生产前后关心时，对于你这次忽然到阳景去协助工作一举，不由得生你的气！为什么不想到即将临盆的你的身体呢？帮助一个短时期吧！自然另一方面却原谅着你，共产党员每天不做事，是异常痛苦的！

饶政委明天可到半城（钱俊瑞因病未来），由于军部等着开会，恐怕只能停留两三天就要回军部去了。

这两天生活如何？请写信来！不要忘了八月初二啊！

握手

枫　8 月 31 日午后于半城

## 七

群：

这几天忙于谈话（差不多完全是陪着地方谈），只有晚上一点时间。饶政委明天要走，时间更为紧迫了。

家信及忆先信已派专人送去，另由我以“林道”二人名义给方坤写一信，说明请其指示途径，用快信发出的。

那天柏林别后，坐在马上昏昏沉沉的回来，一直睡到黄昏。三天来但凡脑子有空隙总不断在想着，我决心听从你的规劝以及你的要求！

饶政委走后，我会腾出时间去看你的，我们谈一个痛快！我觉得很对不起你！

军事杂志稿费二十元，留下十元还账，送你十元买水果，人家说孕妇吃水果，特别好。

休息期间，不能过于劳动，但须经常散步！你不要忘了！看小说也是最好的休息时的良剂！

祝

心情愉快！

枫　9 月 7 日晨

一个人居然写封信给我，字里行间，可知其心情之一斑，时间（过程）终会证明谁是不对谁是对的！自然，我绝不推诿我所应当担负的那一部分！

## 八

小群：

昨晚回来就检查了书，三张钞票仍然夹在那本“科学的哲学”中。我真是气你！麻糊，麻糊！一百个麻糊！

我要求你立即停止看昨天说的那本书，其余诸书我当逐渐找给你。盼你一本一本的读，不要丢了这本翻了那本。一定要心安气平，不要急躁，惹人家旁人为你担心！已经好多人提议要你休息了！

糖是人家送的。镜子拿来给你。说不定八月初二我去看你，最好能在那座柏林里吃水果。

提议你的日记恢复吧，将来也好考查一个人的心情的全过程。

红叶　9日10时16分于微风细雨中

## 九

小群：

预备功课，实际等于读军事书和记笔记，再加讲授一遍，将会领悟得更多些。这是一种强迫的“为某一目的而读书”，故较之无目的的浏览为好，故我心中愉快！十数日以来，我已读了六本书了！

我们已决定后方医院即移湖西来，解决内部的问题，你将来更方便了。

东庙里，我已挂上幕布，糊上窗纸，春秋多佳日，正宜读书，欢迎你秋节来。认识论怕讲不好，有一个妥善本子(《社会学大纲》)共同研究吧。

书即送去，并要你看的来。

敬礼!

红叶　14日将午于东庙

## 十

群:

盱眙之敌有打通清江、高良涧、蒋坝公路之企图，各方征象颇为明显，刻我们在忙于计划反敌之扫荡及对敌在淮宝将实行清乡之反清乡的各种准备工作中。各方面都较紧张起来了。这样倒好，可以赶跑了太平观念，可以推动了精兵简政工作之迅速实施。

洪科长由军部开会回来了，带了很多的信，特将问候到你及可以使你看看的信若干封附来，你可以了解他们在苏北的情形。

我的讲授提纲已做到第七章了，还有三分之一，如无他事耽搁（怕不可能）三五天即会完工了。这是一桩很美的纪念!

握手！敬礼!

红叶　21日15时于东庙

# 十一

裕群：

15日一别，算来才仅十二天，然而已经觉得如隔经年般的遥远！在异常紧张的时日中，无时无刻不在惦记着——以至焦愁着你以及那尚未出世的或者业已出世的孩子！这是我们结合以来遭遇到的第一个灾难，这灾难是党所预料而早已指出了的，然而在灾难中又加上我们自己的而主要还是你的额外负担，惊扰之中怀着孩子，尤其是将生而未生以及生下而又未满月之时，我日夜为你分心，不胜焦灼！但愿你身心安全，不再有不如意事，我甚至为你祷告了！

十几天以来，我们过的是昼伏夜出生活，恢复了路西时代的游击了，白天隐蔽封锁消息，夜晚行动，爬山涉水，淮河已经来往渡了三次，目前我们围绕着盱风嘉的小山地，童山濯濯，没树林，然而较之平地，总算较胜一筹了。我现在是在这个荒山之中的一个荒村里，在给你写信，心里不知道是一种什么滋味，到处都是敌寇的烽烟，东望淮宝云天漫漫，高良涧岔河已被敌人占领了！你到底是在淮宝或淮南呢？我不知道，简直无法知道，我默默的为你祝福！

我们既须照顾这个直属队——搜集敌情，分析敌情，判断敌情，定下决心，而同时又要指挥各旅团，电台由于彼不行动此即行动，往往联络不到，万万火急的电报经常发不出收不到，真是急人！敌伪以其强大兵力——四千到五千人，八架飞机，六辆坦克，数十门大炮，数十辆汽车，五百匹骑兵，在我根据地横冲直撞，实行烧杀抢三光政策，到处是逃难的男女，可谓风声鹤唳，草木皆兵，整个边区都在动荡之中！

我们主观力量不能与敌人对比，不能不采取游击战术，首先是避实击虚，主力跳到敌之合击圈以外，从外线来打击敌人，而留小部队及地方武装在现地与之纠缠，然而苏皖边区从来没有受过敌人大举扫荡的经验，不仅民兵不能及时执行袭扰惑敌的任务，甚至老百姓连跑反的经验都不如路西，一跑就是十几里，大家拥挤一处，哭哭啼啼，十分凄惨！这一次在战略上是胜利的，打破了敌人包围合击聚歼的计划，主力部队都到边区去了，没有受到损失，而且在敌后尽力扰袭，使敌人顾前而又顾后，疲于奔命！骑兵三大队在泗城附近将敌之宪兵队附伪军约数十名击溃，缴获洋马二匹，皮鞋三双，三八式步枪六支，俘虏三名。游支将仁桥车站电线破坏了，将沱河集敌之堡垒烧毁破坏二十余座，九旅十一旅已令其派有力部队攻打泗县灵璧，二十六团昨晚攻打归仁集，均尚未得到电报来，结果如何尚不明。

我们这个指挥部，人员减少了，行动较前方便，我们的任务是避免与敌遭遇，以求顺利指挥各部队，然而又不能不经常移动，不要敌人发现目标，敌人在华北山东是专找指挥部和后方机关作战的。我们碰了几次危险，都安全的度过了。17 日我们到鲍集附近，那是在一个夜行军之后的上午，忽得情报盱眙之敌百余人在老渡口登陆向管镇前进，我们当派一个连附地方的两个连去消灭它，谁料敌人是将近四百之多，而且附有大炮二门，于占领管镇之后一直向鲍集而来，我们的连抵敌不住，在浓密的炮火下后撤了，敌人继续追击，距我们仅四里，我不能不拿出望远镜来了望了，我们的部队只得向双沟方向撤退，当夜没有休息，渡河南来盱风嘉，次日敌即占领双沟。23 日得悉半城青阳之敌撤回泗县了，我们又重回双沟，次日即 24 日，泗县之敌约三千，坦克汽车各两辆，骑兵四百，分三路进占上塘陈冲郑集，距我们二十里，夜里我们又不得不回盱风嘉，果然 25 日（即昨日）敌即经双沟到鲍集管镇，与我们是一河之隔，昨晚又返回双沟，今晨各处情报敌有南渡进犯盱风嘉模样，大家又紧张了一个上午，盱风嘉太狭小了，怎么能经得起三千敌人的纵横驰驱呢？下午情报，敌人由双沟北去了，大家才放下了心，我们决定仍回泗南，与敌周旋，绕大圈子去。

敌人的战术显然是分区扫荡与反复扫荡，大概需要一个月以上的时间罢？我们已将党政军各级机关重新调整，与敌长期坚持。精兵简政过去只是说而不行，此次敌帮助我们解决了这个大问题，不能不感谢它！

这些日子，我没有放弃读书，而且正是学习的好机会，我每天能够争取四个钟头的时间读书，已经读完了《柏林回忆录》《法兰西痛史》《尼赫鲁自传》《葵心》《章衣萍选集》。将要读的是《红军内战史研究》和鲁迅的《译丛补》。假如时间还允许的话，继续二十二个文件，并精读《战争论》。战争情况下读书，别有风趣，亦颇有心得。

告诉你一件不闷人的事吧，我们出发的第二天，在周台子，收到了寄给你的两封信，一封是高锦云的，她关心着你的健康，不久，即在双沟，兵荒马乱的那一晚，见到了她，人太多没有说什么，只嘱咐她衣着要通俗些，以便于敌人认识不出，别一封是南阳的忆先寄来的，他用了上次的同一方法，附了一百元的钞票，我记得珍妹的信中曾经提到过，所以这次我也聪明了，小心的拆开。信款现都放在我的袋里。

依了你的嘱咐，虽在奔波之中，每天不间断的吃三个鸡蛋，加以日日行动，痛吸新鲜空气，身体较健康了，头从来没疼过。

这封信是写好了，不知道什么时候，用什么方法才能寄到你的手里？我为你担心！！祝福你！！！

白霜红叶　11月26日午后4时于盱风嘉之山郭家一荒村中

# 十二

群：

我们于上月28日夜由山郭家经浮山镇渡河到泗南来，为的是更便于指挥部队。敌人于扫荡泗南之后，即集结于青阳、马公店之线，继续向泗宿及泗灵睢扫荡，归仁集、金锁集、刘圩子、新关、老韩圩子都成为敌人的临时据点，如不组织几个较大的战役，敌人是不会很快地撤走的。首先组织了十一旅的部队，猛袭马公店，一日之夜以一个营兵力袭入马公店，全部鬼子两个中队密集于一个院子里，我英勇战士猛掷手榴弹一百余枚，并以机枪交叉扫射，杀伤鬼子六十余名，实在痛快！冲出来的鬼子，首先是那个机关枪手，被我们一把抱住，先夺过了新的三八式轻机枪，再摘下了钢盔，意图生擒，他坚决不走，终于结果了他。这一仗给敌人打击最大，老百姓轰传得也越发厉害，都说新四军的计策高妙，打仗能干。老百姓总喜欢夸张事实，无论是敌情也好，胜利也好。军区特务营二十六日攻入泗阳屠圆圩伪绥靖军两个团的司令部，毙敌一百余名，俘虏十余，缴获步枪九支，黄大衣多件。这对伪军是个更大的威胁。我骑兵团已令其进攻泗城，即在敌伪据点之中到处冲击，敌人甚至他们的骑兵，对付我们的骑兵是无可奈何的，因为他们的马没有我们的马快，人也没有我们的勇敢。就是这样在不断的战斗中，部队的信心提高了，敌人的士气低落了，而且定为一个月的扫荡期，也将到了。据两日来的情报判断，敌似有西撤模样。又说本日青阳方向大火，大概要滚蛋了吧！不过对敌今后之不断地给我们以苦痛的事实，无论如何是不应忽视的。

此次扫荡，主力部队能机动地首先跳出合击圈，继而能各线打击敌人，总算是深可庆幸的事！但表现最严重的弱点是政府机关人员的不沉着，地方武装的无能。这都是往昔长期太平环境所赐的恶果，在实际战斗和苦痛中，应当会给以警惕的吧？这一次血淋淋的事实，比过去任何一篇文章和报告都要来得切实！高尔基小说《母亲》中主角伯惠尔说："人们是不信任赤裸裸的说话的，非吃苦头不可，非用血来洗炼说话不可！"此次的苏皖边区总算用血来洗炼过了。

昨天夜间，我们由峰山镇东之大王套，走了三十五里移来双沟东南之后店子，背溧河面淮水，风景清丽。枫树的红叶，绕着村子的周围，又夹着一座杨林，虽在寒风中，也不减我们的游兴。房子也是出发以来的第一次舒服的，写字台钢丝床，纱橱之类应有尽有。倘若敌情许可，打算在这里多享受几天哩！

孩子应该生下来了？这是我最关怀的事！假如生产了，不论男孩或女孩，我提议起名字叫"流离"吧！这倒名副其实，一个很妙的纪念！不知道你赞成不？或者你会起一个更好的名字。

前天又收到南阳忆先的一封双挂号，我同样小心地拆开，然而除去寥寥数语之外，在夹层中一无所有！而且里层的白粉纸少了半边，大概被检查官揩油了！不知当真寄钱了没有？如寄钱又不知究有多少？这种办法真是可一而不可再！大概坏就坏在这寥寥数语上，几句不关紧要的闲话，为什么又要双挂号呢？能不启人疑猜吗？

《苏联红军战史研究》《译丛补》读完了，现在是正读着高尔基的《母亲》，已二分之一了。说来惭愧，堂堂文豪高尔基，除了读了他的短诗《海燕》外，《母亲》还是开宗第一部，实在太寡陋了！我又准备向人借读托尔斯泰的《战争与和平》，那是一部举世闻名的大著，两千多页，超过了《静静的顿河》。名家作品是不应不读的。如今又是读书的最良时机。告诉你，我还读了古词《西厢记》，又正读着《燕子笺》。我恨不得将最著名作品于最短时间一齐装进头脑里去。越读书越感到自己的贫乏！我希望我的最亲爱的人同样有此抱负！

苏联红军于11月中旬大举反攻，一周之间消灭德军近二十万人。

现正猛烈前进中。英美军在北非以破竹之势继续向德意军推进，除去突尼斯、比塞大两港外，几全部入于英美军手中。正是因为如此，国民党对我党态度已好转了。11 月 25 日国民党十中全会特明白宣布，对共产党实行的一贯的“宽大政策”，只要共产党不违背法令，不扰乱社会秩序，不组织军队，不破坏统一，是可以一视同仁的。这个决定当然有些“阿 Q 精神”，但不能说不是时局好转。

明天派人到湖东去，连同上次未发的信，大概可以减少你的一点苦寂吧？好好地保重身体！不要多所忧虑！万千万千！

我仍健朗如常。今天照镜子，较昔略为消瘦些，许是战斗中精神时紧时弛的原故。

附来告民众书一份（是我拟的稿），关于敌情，战术胜利，办法，均略有述及，可供参考。

如精神许可，希望有长的回信，藉以明悉你最近的生活和心情。

祝福你！

寒霜丹叶　1942 年 12 月 3 日 20 时半于淮河北岸之后店子

## 十三

群：

接孔邱同志 12 月 8 日信，说你已生产，并说你于产后感冒，现已全好，既欣喜又忧虑！孩子既已生下，彼此得以放心，惟你身体不好，又不知详情如何？心想也许你病倒了，他们怕我挂念，故意说你已经好了呢？下午见陈醒同志由湖东来，说你于上月 26 日生产，但未说你病，晚间又见刘瑞芳同志说得更详细些了，但亦未提你病之事，想来是无大碍吧？但愿如此！

一月之间毫无消息，实在闷人之极！今一日之间竟连续三次知已生产，其喜可知！料想生产时定必苦痛万分！我不能亲临照料，实为遗憾！今日又见雷明同志等均说你已平安寄留群众家中，他们又送了些礼物给你，并闻谢胜坤同志等亦送些食物来，知你在淮南有各同志帮忙，又放心些了。

孩子既已生下，不管男女，都是共产党的后代，盼你谨慎育养，如能早日找妥奶娘，当可少却多少麻烦。尤望小心衣食，保养身体，满月之后，并将小孩寄妥，来湖西会面畅叙一切吧！

生小孩是女同志的一劫，但又是必不可免的难关！如今既已顺利度过，总算幸事！我知道你是在如何惦念着我呢！尤其在生产及荒乱之时！

上月26日在盱风嘉，本月初在后店子，同封二信由通讯员带湖东，不知是否已转你手？寂寞之中又不见亲人之信，其苦可知！我打算等孔邱等来湖西，面谈你处详情后，即派赵运成来看你，届时或可减却些须寂寞之苦。

我们每日仍在忙于指挥战斗及行动之中。我身体粗壮如常，请你释念！

祝你

平安！

红叶　12月16日夜于洪泽湖畔之林台子

# 十四

极为惦念的群：

孔邱谢林诸同志于昨今两日陆续晤面，据林部长谈，你曾发高烧到卅九度！以后好没有，他不知道。邱会作同志谈，你发烧到四十一度，他听胡医生说的确好了。究竟怎样？谁也不敢断定，真是叫人十分焦愁！又得不到你的信，又得不到确实消息，病好不好以接不到你的信，是使我怀疑的证据，是因病而不能写信呢？或是没有便人而没有带来呢？天天的望着，每一次来人，每一次没有信，我又不好见人就问，即问人家也不清楚，即便是讲好了些的，又怕是人家一时的安慰之语，这两天虽在十分忙迫之中，然而总是无精打采！

假若是上月26日生的，那么再有一个星期就该满月了，但愿你及早恢复健康吧！重见去年下半年的裕群吧！今日始完全体味到夫妇之间这种异样的情味！

吴刘张[①]等同志给你写了一封慰问信，并托廖原同志为你买些礼物，不知廖于何日始能到湖东？此间同志莫不关心着你，可惜我不能供给他们以任何材料。

据会作同志谈，此次在湖东淮南后方，大家对你的印象都很好，没有什么人说你的闲话，因为没有使人家说闲话的材料。我听了之后，十分欣慰！我知道有骨气的裕群，在各方面是会谨慎小心，刻苦自励的！虽说在变乱之中生活上物质条件上受了委屈和困难，然而这是有代价的！这是我俩所以心心相印的精神之一种！我鼓励你，保持它发扬它！我虽远在湖西，在听了这个话之后，我从内心里赞美你！

---

① 指吴芝圃、刘瑞龙、张震。

这是我俩虽然别离然而我大可以放心的唯一条件。

又听说你曾不止一次地伤感，甚至流泪了！此种苦情，我完全体贴得到！那样紧张的局势，困苦的环境，既忧虑自己和孩子，又操心湖西在战斗中的丈夫，那能不着急不愁闷？然而又无一可以发泄的对象，只有独自垂泪了！我没有忘记你的话，结婚之后，不知何故感情较前脆弱了，以辩证法的看法，这是不足为奇的，原故是人一结了婚，感情便有所寄托了，发泄感情有了对象了，不然比如孩子在别处受了委屈为什么一定等到见了母亲之后才放悲声呢？即使是我也何尝不是如此呢？不过，群，我希望我们还是更为坚强一些，旷达一些，放开一些。党和自己的爱人，是最信托最了解最体贴的人，一切都可迎刃而解，何况一些暂时的困难和委屈呢？

听我的话吧，群！他日会面之时，畅快的叙一叙别情吧！

敌人是撤退了，青阳、马公店、金锁镇、归仁集都仓皇地退走了。这完全是在我军不断在敌前敌后实行袭击，使其伤亡惨重，这种迫不得已的条件下撤退的。尤以二十六团朱家岗战斗，三十二团两次马公店战斗，三十一团泗县灵璧战最为出色！这都是在我们统一的命令之下打的，全体指战员无不奋勇用命，毫不犹豫！据确实数字，计毙伤敌六七百人，俘虏三百余人，缴枪三百余支，我方伤亡二百余人，损失步枪五十余支，二十六团罗应怀团长负伤，营一级干部伤亡计五人。反扫荡战斗共三十三天，我们完全胜利了！主力部队、地方武装、党政及后方勤务机关人员、资村，均无损失，诚为幸事！老百姓欢喜非常，都说新四军是诸葛亮，计谋高，打仗好。的确，部队经过一年多的整训，在此次大考验中，证明战斗力是提高了，尤以十一旅之动作最为积极，伤亡小，缴获大，博得众人的称赞！九旅二十六团朱家岗战斗最为壮烈，也可说是迫敌撤退起着决定意义的一次战斗。

敌人无耻，在广播及伪报中夸大虚伪宣传，一则曰洪泽湖新四军船只被空军精锐部队炸沉二千余只，再则曰“匪军”全部歼灭了，三则曰我失踪了，四则曰我率领“残部”二百余人于半城混乱之际逃往淮南了。完全是荒乎其唐的谣言！上海北平的朋友们看到报纸不知是如何地担心哩！

这几天各部队在追击敌人之中，我们移来半城之南大王庄了。为了彻底精兵简政，两天来忙于开会，不像头几天之有时间读书了。不过我抽空又读了几本书，一本《国学问答》，一本毛主席的《农村调查》，一部《七侠五义》（这是我十八年前所看过的小说，也颇有味），一本《辩证法唯物论》（去年反顽斗争中所看过的）。

说是你要求到淮宝来，大概奶娘会不成问题吧？如能交给人家，而你身体又复原了，能于年前回来过年吗？我盼望得很！所以派赵运成来看你，帮你几天做事，如能回来，则请偕同赵运成回来吧！

迅速给母亲弟妹们写信，报告近况吧，她们一定惦念得很！忆先也致信问候并致谢吧！人家热心得很。忆先寄来的一百块钱，换成零张的交赵带来，买些补养的东西，赶快把身体恢复健康啊！

附来夺得敌人的几件胜利品你玩玩。

手也冻硬了，夜已深了，面谈一切吧！

祝你

平安健康！

红叶　12月18日夜12时50分于大王庄

## 十五

裕群：

昨晨得你短信，以未书日子，不知何日所发。晚见刘若华同志，说你决定于 19 日赴淮宝，谅已平安到达了。赵运成日前赴淮宝看你，大概已经晤面了。兹已嘱蓝侨同志顺便来看你，并代为照料一切。

目今急务是将孩子交给奶妈，以治疗你的奶伤要紧！李毅同志已函林叶部长提出治疗办法，即先打“退奶针”，而后即可退去“乳腺炎”，再就容易治了。千万不要大意！不要任性！

能不能过湖西来呢？这里对你的休养营养上都方便得多，精神上也会愉快些。我劝你还是很快将孩子安置妥当之后即随赵来湖西。

此间情况，一般的已安定多了，年前大概是不会再有什么变动的。

收到 ××× 一封信，字里行间，似有“愧对老友”之慨，去年仁和集会议，少数同志之对我误解者，似乎都已逐渐冰消云散了，此所谓“路遥知马力，日久见人心”。我一仍我以往之传统的“宏达”态度，对任何人不抱成见，一本宽大仁爱友诚之心，知我罪我，在诸其本身了。请你不断的鞭策我，督道我，批评我，鼓励我！你是最了解我最知道我的人。

假设敌人暂时停止扫荡的话，而邓政委又离开了，恐怕又得忙迫起来了，不过我的身体好，可以有恃无恐，只是在战争之中，特别操心些就是了。

交赵运成带来的补药“佛里耳”，是最名贵的，不管你的病好与否，请你吃下去，总会有益处的。

其他一切由赵面达，已经嘱咐他，如能年前西渡，即伴你同来，如不能，他可以帮你做一个时期的事，如你身体复元，而又安置妥当的话，即令他回来，不过，我总盼望着，你来同度新年！

红叶　12 月 19 日夜 12 时于大王庄

## 十六

群：

日夜的想念着你，而又不能晤面，且亦得不到消息，此种苦情，只有以写信来代替了，不得已之中，总是给你写信。

军部准备反扫荡，党校学生一律归回各师了。我师学生如黎同新、姚运良、饶子健、阿乐、程朝先等二三十名均于今日来到师部了。将近一年阔别的老战友，忽然在紧张的局势下会面，大家不胜兴奋！他们向你问好，都关怀着你，是那样的热情啊！今天午后开会，他们的工作已大致的分配了，黎任九旅政治部主任，姚任骑兵团政委，阿乐任师政宣传科长，饶任邳睢铜军分区副司令，程回任骑兵一大队大队长，林乃清任师特务营营长。此外白浪调游支副支队长，赖毅调十一旅政委兼二军分区地委书记，刘作孚调十一旅政治部主任，军区由师兼任，张彤任泗五灵凤县委书记兼总队政委，林欣任泗南总队副政委，康步云任淮宝县委书记兼总队政委，泗宿之石立志狄克东由于此次反扫荡退却逃跑，均决定撤职，由王宇谢骙补。

军部召开之精兵简政会议，由于此间情况不稳，改由邓政委前往参加，他决定于后日动身。我之不能赴军部，邓之每冬去华中局，好像是命中注定了似的。不过在私人方面说也好，假若你生产之后，不能会面而即赴军部势必于明春始返，你不是太寂寞了吗？这是事已定局，所以这样说说，倘若要去，那也只得概不由己了！

××之妻×××，最近由延安致我一电，对×结婚事，颇为愤慨，要我为之出主意，你想这事多么难为人！我是除了同情她的孤苦之外，真是爱莫能助了，所以只得复了那样一个电报，两电都抄给你（见另页），你看如何？能为我出个主意吗？聪明的你？

我们总是忙得很，这批干部分下去（三五日）之后，也就要清闲了。

祝你

迅速恢复健康！

雪枫　12月23日午后于大王庄

这些人只是内定尚未最后确定，请勿外宣。

## 十七

裕群：

敌情得有大变化，盼你于接信后，速将小孩交奶妈，或送人家看养，你即星夜偕同赵运成返回湖西，以能于本月29日前赶到为好！千万！千万！不必迟疑！

我另已给高良涧郭副部长函，嘱其送给奶娘家应需之费用。希即令赵运成接函到郭处领取。

宗毓结婚倩影酷似你，谅已睹照片之后，必另有一番感想也。

余俟面谈。

红叶　12月24日夜于大王庄

胡医生今日晤面，云你前曾寄我一长信，但迄今未收到。

# 一九四三年

## 一

裕群：

我于前晚回师部，一路平安。此次张大路战役，将段海洲之第三团包围于据点之内，围困九日之久，击溃段海洲苗秀霖三次增援部队，至 8 日敌伪分三路（顽军勾来者）向我进攻，我将敌伪击溃一路，另两路未接触，我以在敌伪顽合击情况下，对我极为不利，故决定撤围，敌于次日进占张大路，顽第三团除一部被敌缴械外，余均窜逃高楼。

一星期夜行军（去之夜晚走一进五十里）及战壕生活，十分紧张艰苦，但身体及精神甚好。请勿念。

祝你

学习反省努力

枫　12 日午

# 二

玉琼：

三天来做了不少的事，心里颇为愉快。15日，读书三小时，16日读书四小时，《左派幼稚病》读完了，待着做笔记，另外读两本理论性的小册子，还加上一本曹禺的《原野》剧本。昨天会客之外，为《拂晓报》写一篇社论，《论精兵主义》。人到不如意的时候，谈话之外，最好还是读书。

我要向你挑战了，向你提出订立"读书比赛条约"，不知你有勇气应战否？时间你比我多，因为你今天是"闲员"了。读书之外，尚有何事？我们应该一星期作一次清算，看谁读的页数多，质量强，理解得透彻？这里各有其优劣条件，我的优势是水平似较你高些，你的优势则为时间比我多多。各不吃亏。

我不希望你东跑西跑，将时间浪费在笑谈之中，但也不愿你长期的深居简出，像一个封建之家的"闺秀"。我要求你在星期六、星期日可以外面走动走动，（不是一定要到半城来），星期一至星期六则应埋头，埋头！第三个埋头！苦读，苦读！第一百个苦读！

左回与谈，我代你担忧，但由它去吧，"听天由命"好了！

雪枫　18日上午

我希望下次晤面，是我去找你。

# 三

肖群：

先告诉你一个值得向我庆贺的好消息，即我以 1943 年以来唯一的愉快的心情，读完了并缩短了我的读《党史简明教程》的计划。你离开之第二日——3 月 8 日我开始读党史，原定计划是十天读完它，读到三分之一时，改为五天读完它，然而我四天之内读完它了！全书共计四百三十页，每天读一百页，幸而没有耽误，终于两次缩短了计划，请你替我高兴吧！因此增加了我读理论书籍的信心，并立即定下了一个决心，，这个决心是与芝圃同志闲谈之后定下的，就是读完了党史之后，继续所存的《列宁选集》，这是与党史有密切联系的，如帝国主义论，两个策略，做什么，二月革命到十月革命及其它等。倘以读党史一样的速度的话，二十天之内就可读完了。之后，再温习一遍《辩证法唯物论教程》，最后以三个月时间粗读一遍《资本论》，三大卷约三、四千页，要无特别事故，应该读完了。我决心今后少读杂书，努力于古典的基本的理论著作。我想是可以的吧！请你预祝我的成功！读理论书籍的兴趣是会逐渐养成的。

我的身体还好，已经依照了你的嘱咐，每晚十一时前后就寝，早六时起床，吃两个鸡蛋，晚饭后骑马到各机关串门子。这样生活就会有秩序了。

“希特勒”[1] 自从那天与其同类打架负伤之后，就忽然萎靡起来，睡在桌子底下，吃饭的时候连头也不抬一抬，勉强走起来成为一个瘸子了，那神情极使人对之怜悯！我亲自喂它一点东西，也不大想吃，

① “希特勒”是我军俘获的日本军犬。

我急的没有法想！这两天似乎好一些了，也吃一点东西了。你的母鸡，前天生了一个“处女蛋”，大大的，圆圆的。昨天早晨我吃了，不能不感谢你！它对革命总算贡献了力量了。

你的生活和工作怎样？还顺利吗？

时局无甚变化。霍守义已到路西了。

祝你好！

附报纸一束。

枫　3 月 11 日 22 时于大王庄

## 四

群：

王仲廉部东进空气日浓，王光夏部于本日由淮海区渡运河到泗阳一带，边区情况日益紧张。我们决定组织前梯队于明日赴界头集前方指挥。而淮泗又于昨日被敌千五百余人扫荡，至今情况不明，在对敌顽斗争中，必将愈为激烈复杂，春秋多佳日，边区从此多事矣！

日来以全心注于情况之搜集，分析与判断，心情不如从前之稳定，而挂虑你之生活与行动则愈为迫切，惦念之情愈为浓急！天各一方，又不知何日何时始能晤面畅叙！？敌后之军人生活，固多如是，原不足怪，但心怀终为之耿耿，总不释然！

但愿革命先烈在天之灵，佑护我军胜利完成任务，使边区日益巩固与扩大！争取革命最后胜利，俾能遨游泉林，安心读书，以达余之长久从事于着述之志愿！

你一贯作风，总不能将你所遇之新环境详细告我，如此次之到党训班，究竟教员几人？是谁？学员若干？成分若何！你与人家相处又若何？每次来信都是语焉不详，是我不能满足的地方！

总之，异地相处，而你又是在身体尚未复元之时，务要善于珍摄，妥为爱护，虽不常见面，也好放心得下！

祝你日益健康！心情爽适！

雪枫　3月15日于灯下

## 五

群：

15日夜曾寄盱凤嘉转你之信不知收到否？

我们于16日赴前方，17日夜开始作战，18日午后战斗结束，19日在前方休息，今日回大王庄。

此次共消灭王光夏全部，独立六旅全部，八十九军一部，激战共十四小时，终将顽军解决，计俘虏一千余人，缴获轻重机关枪五十余挺，炮二门，无线电台一架，及其他军用品无数。王光夏及独立六旅长李仲寰被击毙，生俘团长二名，营连科长等官佐一百余名。

这一胜利，使我军今后对顽作战可免去东西被夹击了。而且亦可能使王仲廉东进动摇。对今后之团结合作问题可能坏转亦可能因而推动好转，静观局势之发展而定。

五六年没有打过这样大的仗，此次亦聊足以过瘾也。

祝你

好！

雪枫　3月20日夜于大王庄

# 六

群：

真是生你的气，要派人去，又不写你的地址，这是你的传统习气，要我上那里去找你呢？没有法子，只有叫通讯员跑冤枉路了！

自消灭王光夏战斗之后，王仲廉部五个团于本月20日过路了（王已东进顽军彼时尚不知）。我们的估计是王仲廉于过路后必以东方情况不明（电台早已不通了），加以21日遭敌数路进攻，死伤逃亡溃散约计一千余人（游支报告），且王部多为地方武装所编者，战斗力不强，将不敢冒然前进。可能即在灵北逗留一个时期，但大军云集于敌伪据点窝里，又不免于敌之扫荡，这是他们东进反共的基本矛盾，极困难解决。即便是硬着头皮东进了，但在长途行军及敌伪进攻之中部队必为削弱，而我军主张则为："抗日者无任欢迎，反共者恕不招待！"我亦有足够力量与之决战。所以这几天在集中精力对付这一问题。每天绞尽脑汁，以全力对之。加以敌人数日来又不断在泗阳泗宿凑热闹，五七百人到处冲击，但均毫无所获，今日进占界头集，下午又窜走了。不少的人说我这几天瘦了！不过我精神还很好。请你放心！

从昨晚到今天情况稍为缓和一点，抽空读了托尔斯泰的《安娜·卡列尼娜》，已读了近二百页，不愧名著，描写生动细腻。读完之后送你看。此外，这几天再也没有读什么书！

名记者范长江来了，每于夜间，我们古今中外上天下地无所不谈，甚为愉快！他曾询问你的情形，并说打算"拜访"你。他也告诉了他的夫人沈女士的情况。

你的右眼好了些吗？挂念得很！如已痊可，赶快告诉我！

时代送到船上了，小说在看着。鞋子给你送来。

《拂晓报》上那篇《公开的私信》,你看了作何观感？亦请告诉我。

局势当未安定，你没有得到我的信以前，不要来师部，虽然我日来极为寂寞，好多话要和你谈，然而为了你的安全，只有忍耐了。

衣食住行，待人接物望珍重！

家信一封附来。她们是如何的在惦念着异乡的姊姊啊！

雪枫　3月24日深夜于大王庄

漫萍同志代我问好！

由吴守训①总队副带你的信收到否？我的保健费四十元，送你买鸡蛋吃。

王彬于本月15日分娩，得一女孩，你赶快写信去贺喜！

## 七

群：

“三一八”山子头作战起到今日为止，半月之内，是在最紧张最忙迫最复杂的情景中度过去了！为了对付王仲廉的东进，调动部队，搜集情报，判断情况，政治动员。为了对付韩德勤（他做了我们的座上贵宾），外交谈判，吃茶宴会，劝慰诱导，商讨合作条件，不仅是身子劳碌着，而且头脑紧张着。半月生活是最为丰富充实了。多天来未能给你写信，为的得出一个结果来。今天，果子结出来了，我以十分愉快的心情报告你：王仲廉两年来所准备的东进，于本月20日实现之后，恰如我上次写给你的信中所分析的，以边区情况不明，又遭

---

① 吴守训，是四师著名的神枪手和战斗英雄。

受敌人的打击，踟蹰于灵北狭小地区不敢东来，于得悉王韩被我歼灭之后，突于28日夜返还路西了，伤亡，溃散，恐怖，沮丧是他此次东进的收获。到敌后磨擦这一事实，在其痛苦的经验中体味了一个真理：大部队不能来，小部队不中用。当然他这次回去，他的上级决不会就这样罢休的，一定会重新部署，再图大举，然而矛盾总不能解决，除非放下磨擦反共的念头。

至于韩德勤事件，当然是很大的，会给人以反共的口实，但在半月谈判中，双方得到互相谅解，他的实力已消灭殆尽了，他决无再行反共的力量，因之他表示今后不再反共，即便王仲廉（王是受他指挥的），他也要制止他东进后不反共，这当是很好的。而我们答应不再进攻他。于是在欢洽的空气中，今日为之饯行，送他出境了。

今后的敌后，边区的局面，当可为之稳定一时吧？

陈军长于日前来四师，共同与韩见了面谈了话，解决了这一"事件"。

为了得到"休息"，为了一赏春光，使她不至于像箭般地逝去，约定了陈军长，还有范长江，日内到我们的"风景区"去，到大柳巷模范乡去，倘无其他特别事故以及时间充裕的话，准备在那里游玩两天，这是不可多得的福气啊！假使可能的话，打算通知你，在那里晤面，他们都想见见你哩！

《安娜·卡列尼娜》，我读完了，不愧名作，描写手腕高超，故事生动细腻，对话漂亮俏皮，译笔流利通畅，特送给你，要平心静气的读，那是暴露当时俄国贵族资产阶级内部没落的荒淫无耻的事迹的一部书，当然不能以现代的革命观点来打比。而应以革命观点去分析，希望你将读后的感想告诉我。

我还是很健康，不过更瘦了些，最近几帧照片就是证据。

雪枫　4月1日

# 八

群：

本来预定于清明节（4 月 5 日）那天逛风景区去的，忽然来了第三党和中国民主政团同盟（第三党，青年党，国家社会党，乡村建设派，职业教育社诸党派所组织之向国民党争取民主的政治集团）的代表张云川来了，忙于与之周旋欢迎，耽搁了，加上今天召开团和县以上的干部会，会期预定三天，会后又要分头解决各地区问题，这样迁延下去，不定那一天才能去得成呢！大小会议之后，倘无别故，决心要去的。届时一定约你，并望能偕冯健同来，大柳巷又有苏苇同志她们，如能实现，一定很热闹了。

近日以来继续的忙，偷空读了《二月革命至十月革命》，还有《金粉世家》上卷，此外没有念什么书。

今天吴大队长来，说党训班的学生已到齐了，大概你没有时间了吧？倘若时局像这样下去的话，我希望你能于游风景区之后，回师部住几天，成千成万的话要向你倾吐。不知客观条件允许否？

前天晚饭之后，一大伙人去散步，我们的“希特勒”活捉一只兔子，功劳实在不小，兔子养了一昼夜，昨天晚上，人睡夜静，它又把它吃了。昨天又捉了一只，然而当下被咬死了！今天我们的出猎兴致勃发，一小时之内赶出了四个兔子，终于没有捉到一只！虽然如此，大家喝饱了一肚子的新鲜空气，倒也别致。接扬效箴同志信，适富曼又来了，现同杨在泗五灵风某区委工作。有时间望你能去信问候她。我还是那个样子，只是不想吃东西，每天无精打采的，也不知什么缘故？

每天总望着你的来信，而又知道，我不去信，你是不回信的，有什么办法呢！？

祝你
好！

红叶　4月9日夜于大王庄

泗南总队部又发出一个关于我的谣言，说我有一个十三岁的孩子从家里来了，因为河南灾荒，特来相寻云云。二十年不回家，倒跑出一个十三岁的孩子来！岂不怪哉！这种谣传（连前次对滕的），都不知是什么意思！？

## 九

群：

日前由吴大队长带上一信，谅已收悉。我应当向你致歉。信中曾说：我不去信，你是不来信的，然而第二天就接到了你催促看花的来信。不禁引起了我的“内疚”，请你原谅我。

这一向，算是忙过了。高干会开了一个星期，张云川明日即赴淮宝。所以决定偕同陈、邓、范、李[①]诸同志于明日动身赴风景区。但愿不会再有其他的事耽搁吧。这几天他们不断地嚷着“要接林颖来”，我想明天应该晤面了！

前天在会场上，子久同志给我一个条子，写着“林颖同志要归队了，轮训班即行结束”。当时，我突然发生了一种异样的感觉，“久别胜似新婚”这句俗话，的确描绘的恰如其分！我曾经时常的幻想着我们见面后的生活，相别虽只有四十天，然而比任何一次都想念得急

① 指陈毅、邓子恢、范长江、李毅。

切些！不知你亦有同感否？

我想，短时期间，你在乡下，在人群中，对于世故人情，对于学问修养，必然大为进步了。即如你的身体也应该较之昔日健康多了吧！我祝福你！

时局仍在不稳定之中，异日演变如何？听之客观情势之发展，以及主观之努力了。然而当此春暖花开之期，仍当“及时行乐”耳，所以我们才忙里偷闲，一赏佳景。

珍琳[①]二妹之信，迟迟于今日始交陈副校长带往淮宝投邮，顺便我也草了数行（另纸抄你），他们以及全家，对我是如何的模糊啊！我应在鱼雁往返之中，增加他们对我的新鲜的印象，须知这是人情啊！

我近来，不知什么缘故，心情多少有些异样。特别总是望着你！时间连续的增长，我们相互间之情爱，亦为之日益浓厚，此种心情，以及反映之于今日的书信，宛如在恋爱期中的情侣似的，我简直不明白别人是不是也一样？你应该知道，我每天在怎样的祈祝着你的健康，你的愉快，以及你我之间的了解愈益恰如一人！越是这样，就把去年像“八小时”之类的事情，忘得一干二净了。我不能把自己的爱人视之为完美无疵的天仙，然而我是与时俱增的在爱着你的！

千言万语写不尽，握手之后倾诉吧！

祝你

平安！

雪枫　4月17日夜11时半于大王庄师部

① 指林颖的妹妹。

# 十

群：

大柳巷三日游，在我们的生活史上，尚属初次，可谓当得起“快何如之”四字的形容词了。十年之后，必为我们回忆往事的新鲜材料之一。

当夜我们经双沟洗澡，于月明如洗之景色里，到达陈店子。这里是去年反扫荡时我们驻了五天的村庄，风景林色，我曾写信向你夸赞过。我住了一个独院，房子是两暗一明。一架宽大的铜床，桌椅一半西式，也算是明窗净几了。我想你来了，必能享几天清福。

倘若训练班至多十天结束，你能否提早赶回来过五一节呢？如你愿意，我打算 30 号派人接你去，请你答复我。

宗鸣妹似乎已入烦恼境地了，你看她的来信，那种如怨如诉的口气，但愿悲剧不从她身上演出。

附来剪报苦干张，供你消遣。其中周佛海的文章，不仅藉以了解中共创造时之详情（大致当无大误），而且文章技巧亦可参考，文人之笔究竟是文人之笔。

相距不远，通讯员来，盼午后即使其回来，然而必须有长信来！

这几天较比清闲，情况亦较缓和，1943 年能如此过去，岂不甚好？

祝你

平安！

雪枫　4 月 23 日夜于后店子

军长明天要回去了。

# 十一

群：

此刻已入夜到10时10分了，提笔给你写信，众位蚊子奏着美妙的歌声，枳子花香，沁入心脾，另是一番风味！

昨夜深以为憾！我们不能谈更多的话，小小的党校，数十条肉体纵横杂陈，实在有点煞风景！渡河之后，12时半入睡，今5时一刻起床，5时40分悄然离开小柳巷，沿河南岸轻蹄快步，迎送晨风，于7时半进入我的办公室，一切均有新鲜之感，邓张[①]二位即来相谈至中午始散，陈风阳赠来之“大前门”并汽水一瓶共冲倦态，精神始终是清醒的。汽水已经多年不尝了，其味甘美一如往昔，惜你不在，不禁为你抱屈！

阿图岛在北太平洋，北美阿拉斯加以西之阿留申（亦名阿留地安）群岛最西端之一个小岛，阿图岛亦译为阿兹岛。

你的笔为什么忽然不中写了呢？

握手！

雪枫　28日夜

淡泊以明志　宁静以致远

① 指邓子恢、张震。

## 十二

群：

30日来信于今天才收到。这几天总在惦念着，想着你应该回来了，老不来信，又使人焦急。明天五四，应当结束了吧？

五一节开了一个比较闹热的会，大家都讲了话，老百姓到的不少。五四不开了。

即便是短短的几天，总觉得有好几车的话，要向你说。你不来信，又十分恼你！更十分想你！

时局似乎安定了，敌人扫荡的可能性不大，反共军东进消息沉闷。日前有两个团，行抵肖县之王白楼被敌汽车八九十辆、坦克数辆围攻三日，死伤之外，余向西南溃散了。这就是他们不抗敌偏反共的下场！

近来又定下心来读书了，原来的读书计划，继续进行。《列宁选集》已经读了三本了。现正读着《国家与革命》及《叛徒考茨基》。

他们说我近来胖了，我很喜欢！有时心情上有些无名的惆怅，我曾经写了下来，你回来时你可看看。

盼你能于明天——4日下午飞来师部，倘公事未毕，当然不必勉强，后天回来也好，特派姚士福同志前来接你。

祝你

平安愉快！

雪枫　5月3日灯下于陈店子

## 十三

玉琼：

由于风雨之阻，途中费了一个星期，于19日午后到达军部，今天已经四天了。见了很多的新朋旧友，谈天说笑，自是一番热闹，他们招待的很殷勤，很热诚，使我大为感动。东西吃的不少，总有人请客，咖啡——我最心爱的饮料，也享受了！今天军直属队开了一个欢迎会，使我说不出的难为情，一定要讲话，简直不好意思。终于瞎扯了二十多分钟，算是搪塞过去了。多年不见的潘汉年、曾山、彭康、于毅夫诸同志能终日闲谈，甚为愉快！也会见了郑位三、谭震林、钱俊瑞等同志。每天不作事不操心，谈笑风生，心旷神怡！在敌后，这总是快乐的日子。我打算后天（24日）赴二师（距军部四十里），玩它三天，再回军部，如有可能，再住几天，然后北返淮宝，到医院、工厂、抗大去住几天、最后经淮泗、十九团、九旅骑兵团回师部，估计时间，约在6月5日左右才能见到你的面。必有一大堆材料向你细谈，你准备欢迎我吧！

——以上为22日夜所写——

昨天才正式开会，有二师罗师长[①]，谭政委及郑位三同志等参加，主要讨论中央指示问题。深夜军长请吃汤圆。这几天就是这样闹闹热热的过去了。精神颇为振奋。

今天午后陪同罗谭汉年长江赴二师，就近拜会韦校长及一些教授们。约需耽搁三四天，仍返军部，解决几个具体问题，月底或可动身北返。

---

① 即新四军第二师师长罗炳辉。

前天晚上进房子时，因为无灯，小腿碰在一个农具上，皮破血流，昨天发炎，敷药之后，尚未生大效，不过不要紧，还不妨碍骑马。

你的近状，颇为惦念！希珍重！

祝健康！

红叶　5月24日上午于黄花塘

## 十四

群：

我于本日（5号）返抵淮宝抗大四分校，陈刘邱诸同志均见面。当即接到你14日、18日晨、27日晚所发之三封信，另一封（大概是你丢在师部的）则未见着，不知仍在师部否？

我于24日上午在赴二师师部之前，曾写一信交通讯员带回，将沿途及到军部概况告你，不知是否收到了？由于不接到我的信，即枉说我为“试探”，的确有点“过敏”。我以每日均在行动中，而主要还是信的投递困难，所以信就没有从先在家里时那样勤，其实无刻无时不是在惦念着你的。

在二师共住四天，每天摆在那里吃饭，因雨不能到处走动，日日下棋而已。28日到二师八分校，29日到五旅（兼路东联防司令部）。30日到九分校（一师最近由江南开来此），当晚复回军部，2日由军部到铜城，住师供开办之同事商店内，住三天，于昨日由铜城回淮北，路过观音寺，吃午饭，立即忆及你去冬经该处时，痛遭孩子夭折之伤心事！打听孩子埋的地方，也没结果，目睹景物，回忆前情，不禁为之凄然！

你27日晚的来信，深深地感动了我，我们所共同培植的“宝物”在日益成长壮大着，你那斩钉截铁的句子“海虽枯石虽烂，热爱的心是不会转变的！”多么打动了并激感了人心啊！我永远的相信着你！

你的工作地区很好，我很欢喜，盼你与群众及同志们的联系日益密切，在交际来往上于谨慎之中要庄重、大方、活泼。

淮宝及抗大有许多问题待解决，一时尚不能西返。估计6月11日以后尚能登舟西渡。

祝你

幸福！

红叶　6月5日夜于四分校

## 十五

裕群：

我于今晨5时半返抵师部，一路之上时运不佳，遭遇不少的不如意的事！

前后五封信都看到了。至情密意，深为所感，一月短别，双方均有同心！

昨夜终宵未眠，神疲体累，昏昏欲睡。渴望你能于明天回师部，晤面畅叙一切！切嘱切盼！（倘有要事，我当然未便误你工作）

祝你

好！

雪枫　6月12日10时于陈店子

## 十六

琼：

叶部长偕罗大夫来游大柳巷，即下榻于潘台子许大姐家或另觅佳居，请你斟酌办理，他们自带厨子，只是在居住上烦你料理，盼妥为招待；三二日他们就走了。

教育会议决于30日结束，如你有时间，务请于下月1日（即七一）来师部一叙。距7月4日之会尚有三天，我们当可倾谈一二日。你意若何？

剪了几张报，内“谈终身大事”一则，颇可玩味，我记得我们也曾讨论过这一问题，谅尚未忘怀，该文劝你多读几遍。

你的疮怎么样？我自注射鹿茸精之后，已经八天没有头痛了，但愿长期保持下去。

晚饭后在供给部与何秘书、王步云、陈如东、冯文、谢部长、张友梅等一群共下五子棋，我输赢各三盘，最后一盘跳棋，打胜了谢部长。这就是我一天的生活。

据子久同志谈，鲁讷近在泗南高套，作一调查研究材料，甚为完好，不知我们的玉琼能否亦会生产同等杰作？

疥药送来。另陈某送来之“冬菰鸡肉”转送你，盼与那位徐大姐或潘大嫂共尝之！

好好的保养你的身体，我的不善于保健的人！鸡蛋不要忘记了吃！红色补丸按法日服吧！我最恨那种不知珍重自己身体的人！

前说给我之信，迄未收到。

“傻瓜”手字　6月20日夜

## 十七

群：

告诉你：从即日起，我要忙迫半个月到二十天。罗政委[1]明天要走，今天我们谈了一天，午后开了晚会，拂晓[2]演《流寇队长》。送罗走后，明天要到轮训队上一整天的课。后天——25日起全师教育会议，要开三四天。30日开全边区整风会议，由我作报告，准备材料得一二天，开起来得三四天。下月12日开边区民兵会议，约三四天。以上三个会议完毕之后，就要轻松了。想你来，但又不希望你来，最好听我的信吧。群，你说好不好？

安心做你的工作，不要过于想念我！我每日虽忙，但身体是会珍惜的，带回的注射剂，每日一针，也许是心理作用，数日来头不大疼了，能长此停止不再疼了，那就谢天谢地了。

工作忙，可不要忘了读书读报，并尽可能的记笔记。鲁讷的文章登在《拂晓》三期上，你可仔细看看。

你的章子，刻好了，我看还不错，相当的艺术。不知你喜欢不喜欢？

相片连你的统交许朴画去了。

总希望读你的长信，尤其是在工作忙碌的时候。

祝你

好！

雪枫　6月23日夜

---

① 即罗荣桓。

② 指拂晓剧团。

## 十八

群：

今天忙了一个整天，昨晚的信未及发出，罗政委已走，黄师长[①]又来。参加教育会议之各旅团干部均到齐，明天继续开会下去了。连批阅文件的功夫都少有。

几天接不到你的信了，怎么回事？看不到你的信时，心里总在埋怨你，可是又知道你很忙。

《读书与写作》读完否？我希望你做笔记。不要再抄《士敏土》上的歪句子吧！

很疲倦了，要睡觉了。

祝你

日夜平安！

雪枫　6月24日夜11时10分

6月的保健费十五元，送你买鸡蛋吃。

## 十九

群：

小条子并文章两篇及23日之信是同时收到的。读了你的信，使我异乎寻常的兴奋！虽然下着雨，马上要复你的信，以后来了人，接

① 即新四军三师师长黄克诚。

着是开会，放下了。直到今天，大会改为小组讨论了，抽出时间来给你写信。自结婚以来，写信，是我的调剂生活的趣味之一法，无聊之时，或极端振奋之时，不由的就想到给你写信。人，真是个怪东西。

兴奋的原因之一，也是由于红潮之来临吧，因为我可以不担心你的担心了！值得为你为我庆贺！将来，是不愁不会没有的。

两篇通讯我略易数字并改了几个别字送去了。因为短，没有什么大意见，只是觉得还不够充实而已。而且字迹常常认不清，太简草了，虽不能说是诚心不让人家看懂的，但起码是诚心给人找麻烦。我还要严重向你提出抗议的，是总忘记标点符号。殊不知文字（信件或文章）一加了标点，气势情趣就格外有分量些。你应该晓得这样一个笑话：一个人在人家作客，住得主人不耐烦了，适逢天雨，主人书一条子贴于客之卧室内曰："下雨天留客，天留人不留！"客见字乃将原字加以标点曰："下雨天，留客天，留人不？留！"你看看，文义与精神，精神与实质，实质与形式，完全变了！

关于标点，我曾不止一次（！）向你提议过，然而你竟置若罔闻，以后变为抗议了，你居然还是"我行我素"，一意孤行，今天我不得不向你提出严重抗议了！你还打算要我向你提出最后通牒么？

教育会议已三日，明后天继续进行，30 日当可结束。下月 4 日开总学委扩大会，约需三天，12 日开民兵会议，又需三四天。倘若碰得匚，七七之后我到你那里去看你，或者你来看我。我希望的是你来。

今天接到 ××× 的来信，并附有致 ××× 的情书，信封没有封，意思是不避着我们俩，你将来转给 × 时，不要忘了那封信，免得她不痛快。读人家情书，不由的就想到自己，情书人人会写，各有情趣不同，他们俩倒是一对儿。祝他们莫错过姻缘吧！

区党委同意我写一篇《论恋爱与结婚》，题目倒很能吸人注目，只是抽不出时间，而且也不便下笔，你的意见怎样？

陈焰转来之枕头套，洋文倒绣的细致，笔画似乎太粗了。

据轴心方面传出消息，莫斯科西方，苏联集中大军，实行反攻，规模则空前之大，24 日开始行动。似乎同盟国之东西夹击大战，先由苏联发动，箝制住德军，而后由西方登陆，亘古未有之激烈空战，已经半个月了。

前天送你一个信封内装两封信，并一个私章，通讯员送到小柳巷交一个什么周科长转你的，收到否？念念！如未收到，已嘱通讯员到小柳巷去取。

祝你

工作顺手，精神愉快！

雪枫　中华民国 32 年 6 月 27 日晚 9 时 40 分于后店子

# 二十

琼：

总学委扩大会已于昨日结束，本日上午各旅干部会，下午党报委员会扩大会。数日以来由报告，写提纲，睡眠不足，昨天头又痛起来了，持续一天之久！七七大会，8 日学习会，10 日到轮训队报告，11 日准备 12 日民兵会的报告，而民兵会恐又需五天之久，18 日就要动身赶赴抗大 20 日的毕业会，你看我还有时间没有？

我要求你于明天——七七纪念日来师部参加大会，既可以刺激一下，使你的生活得以调剂，又可以藉此机会慰问我多日以来的辛劳（一笑），你忍心拒绝吗？

红叶　6 日 13 时 1 刻

## 二十一

琼：

桥头临别，你的两句话：“我先写信是天经地义，我来也是天经地义！”这两句话算是把“少妇之心”刻画得淋漓尽致了！好像历来就是你先写信一样，我不知道什么叫“歪曲历史事实”？至于“你来”，我当然无话可说，然而你大概忘记了你住生元镇妇救会时期，是谁来了？为了打破那个“天经地义”，这一次又是我先写信！说不定过几天又是我先来哩！你的话：“为人要凭良心！”良心就是真理吧？

上一次，我的余气未消，特在这里先写一段，出出气！

陕北问题，近日似无甚发展。有的，只是我党之一连串的政治攻势，骂得王八旦们一句不哼！说不定，这一个政治攻势也许会把希特勒的徒子徒孙们的军事发动攻坍了。

我们决定于本月 21 日在双沟召开一个边区军民反对内战号召团结的大会，估计可到三千至四千人，这或许是我们入皖东北以来的第一个盛大的会。党政军民各机关部队团体以及双沟周围八里以内的群众都到。你能来参加这一大会吗？如能来可随泗南中学同来，如不来，我也没有法子。人各有自由，这是“天经地义”！

我的头痛好些了，疮还是痒得利害！民兵会议尚须四五天才能闭幕。每天开会真是累人！

我知道你一定把吃药和吃鸡蛋的事断下来了！好在（像）健康是为的人家，而不是为的你自己！早起可以，但必须早睡！

我打算写一篇骂顽固派的文章，但又不知何日始能动笔？

听我的话呀，有节制的工作，有计划的读书，有足够的休息，有不断的来信！

祝你

晚安！

雪枫　7月17日夜11时

## 二十二

时刻在思念着的琼：

27日上午安抵朱家坝西南曹王庄抗大校部。这里，使我尖锐的感到的是一种凉爽、清新！首先是玉洁冰清般的井水，洗头，洗脸，把炎暑燥气驱逐净尽了。还有不如大柳巷整齐的树林，清风自东方吹来，沁人心肺！可以说，边区的避暑胜地，大柳巷之外，应属于这里了。我打算在这里多住几天，而排列的工作日程，也不能不使我多住几天。

30日开始召开淮宝的士绅座谈会，并请他们吃饭，我与淮宝是如何的生疏啊！31日参加地方的干部会，“八一”抗大毕业及开学典礼，3日民众大会，并检阅民兵。此后即是抗大的干部会和到十四团去讲话了。这样看来，西返，恐在8月5日之后了。我又打算顺便赴骑兵团一行，数月之前的心愿，终于要实现它。

人家说夏季是多病的季节，今年我才自己感到了。身上的疥疮，用了卫生部给我的特效药，只抹了两天，就已经去其六七，我决心每天抹三次，每晚洗澡之后大涂特涂。务于三二日内歼灭而后已。在湖西的伤风咳嗽，经在船上吃了三片阿司匹灵，大轻了，不料昨夜凉风中洗澡，又感冒了，半夜里咳嗽了整整一个钟头！真把人难为坏了！古人说“每逢佳节倍思亲”，我把它改为“每逢病痛倍思亲”了。

邱主任身体如旧不好。近来打了几个摆子。精神颇为萎靡。我们尚未深谈。她问你好。

旅行收音机，我带来了。前天收到一个令人惊喜的消息，莫索里尼辞职滚蛋了！意大利全国宣布戒严，七十三岁的巴特里奥元帅继任首相，法西斯党军已改编为义勇军了。新内阁对外虽仍标榜着日德意同盟和保卫意土战争，但三尺儿童都会知道意大利已到了一种何种悲惨的境界！从此意大利局势，也可以说欧战局势行急转直下了！我们早已说过，1943 年夏季，6、7、8、9 诸月，将是决定击溃希特勒轴心国家的重要季节。日本远在东方，汲汲可危，意大利行将坍台（英美已什九占领了西西里，由于莫索里尼之坍台必将更增进入意国本土的勇气），苏联的积极夺拿奥列尔，希特勒更为孤立了！但愿在彻底击败希特勒之前，英美苏之间不再闹摩擦！

夏收之后，地方工作较清闲季节，我奉劝你趁机多读几本书，并以整风为中心，写出自己的反省自传，痛痛快快的斩绝小资产阶级的一切个人主义的英雄主义的自私心、虚荣心、不切实的浮夸习气！要切切实实的根除这些非无产阶级的习性吧！这种习性会使你永远陷入于矛盾的泥坑之中而不得自拔！如不咬牙自励，你便会永远处于矛盾苦痛之中，对党、对个人，对丈夫、对同志、对朋友、对家庭，都会有的。你要一百二十分的下一番克己功夫！先苛责自己，别抱怨人家！任何人（连水平最低的人在内），对你的批评，不管是当面的或背地里（背地里的批评，是所谓“舆论”）你都须要以善男信女们对观音菩萨似的虔诚态度，先来自我反省一番。为什么人家有这种批评呢？为什么人家有这种舆论呢？只好反而求诸己了。你的这种精神，我以为相当的不够！这表现在各方面。比如你由盱凤嘉回师部后我们在上草湾途中所谈，你就完全推之于人家对你的不谅解！究其实，怎么样呢？无风不起浪啊！那些批评或许有言过其实的地方，或许有不完全符合事实的地方，然而都是有根据和有理由的。为什么要一概抹煞呢？我就很不同意你的这种“躬自薄而厚责于人”的态度！前年我们不是谈过吗？我们不应为舆论所左右，然而也不能过于漠视舆论！这里头包含着不必做优柔寡断东倒西歪的人，同时又包含着反对那种刚愎自用不听人言的自以为是的态度！就是说我们要以谦虚的态度批判的精神去接受舆论！

我记得我曾向你谈了很多很珍贵的意见，关于你的为人，学问和修养。你接受并且改正了的确不少，这是说你进步了许多，然而也有许多被你漠视了，被你忽略了，被你忘记了，被你实行一个短时期而又停止了！这是我每一念及，即便不很满意的地方！

我觉得夫妇之间，那种庸俗的低级的趣味主义的态度和习性，并不能维持夫妇关系良好友爱于长久，而应互相采取一种严师益友爱侣的态度和习惯，方能保持永恒。我认为我可以做你的严师和益友，你对我也同样，我们自信，还不致那样的庸俗和低级！你不是也常写信提到反对庸俗吗？因此，凡你对我的正确的批评，我没有不听从的，而我对你的正确的（有时或则过于严厉）的批评，也请你采纳，并且彻头彻尾的做去！

即以整顿文风而论，我对你的期望如何？我对你的写信和记日记的评语又如何？你的接受和改正程度又如何？首先，我说你的文风就不正，不正就是歪。前几天我在你的日记本子上题了八个字“多记事实少发议论”，大概尚未引起你的警惕或深思。你的日记和你的信，往往以发空洞议论为多，使人读之，不着边际，结果变成了一本“短篇论文集”，而不是“日记”了。日记主要是记叙日常生活之经过，如与人来往，言谈内容，自省片断，格言警句之摘录，书信主旨之抄存，工作或读书计划及心得之札记等等，你看，如能做到这样的日记，多么丰富充实有趣啊！不强似空发广泛而无内容的议论百倍吗？自然，必要的感想，也要写进去的，并不单纯是一连串事实的罗列，而是综合性的叙述。写信亦然。我记得有一次中央电示，曾说各地的工作报告，要求百分之九十九的事实叙述，只要百分之一的议论，你看，百分之九十九与百分之一！这样大的比例！你再检讨一下你的日记和写信吧，是百分之九十九的事实叙述百分之一的议论呢，还是百分之九十九的议论,而只有百分之一的叙述？学写文章的小学生,一开头总爱大发议论曰："人生于世"或"呜呼人生于世"，显着有多么肤浅，幼稚！因此，我要求你再读五遍或十遍毛主席的《论反对党八股》。

在我给你的信上，你可以清楚了解我的日常生活。而我就很困难从你的信内洞悉你的周围概况。随便举两个例子吧，今春已经批评过你，你所在的轮训班内学员的人数成份程度教学内容等，多次来信中，只是给人以极端模糊的印象！最近你之参加区委脱离乡支，你就从来没有在来信中告诉过我。调查研究吗？调查什么？研究什么？只有天晓得和你晓得！再重复一遍，我要求你再读五遍或十遍毛主席的《论反对党八股》!

正因为是空洞的议论，所以必不会多，正因为是丰富的充实的活生生的日常生活，工作生活，组织生活，与群众打成一片的生活，所以就不会不多，写起信来，就不会使人感觉太少或贫乏了。这是小资产阶级之深入群众或脱离群众，联系生活或离开生活，这一从主观认识出发而表现之于文风——即写文章，写信，记日记等上面的关键，的根本，的主要的问题。这就是为什么善于舞文弄墨遣词用典的文化人而写出文章来常带党八股，而经验丰富与群众打成一片的人在演说或文章中令人总感到趣味深长内容充实的基本道理。

你是个聪明人，也是个进取心雄厚而又肯听话的人，上面写了一大套，措词或不免于偏激，但意义是正大的，是与人为善的，是治病救人的，请你三思而后行！年纪一天天的长大，不能再麻糊下去了！

一涵同志对你爱护备至，有暇我们当作深谈，会向你提出宝贵意见来的。

送你的《时代》，暇时盼抽出时间一读。

祝你

突飞猛进！

枫 7月29日午于淮宝抗大校部

## 二十三

群：

7月26日晚来信于日前收到。工作得暇能从事于整风学习，这是很好的！我在29日的信上亦曾着重指出此点。盼你埋头做去！

作风咳嗽已痊愈。疮亦已十好八九。两日来心神亦较愉快。请你勿念。

昨天八一，抗大四期三四队毕业，五期三四队开学，典礼已如预定计划举行。傍晚，雷雨交加，淮宝元（久）旱，得此甘霖，人心大为安定矣。

七号以后，我及拂晓剧团，应二所伤病员之邀请，前往看视。离开淮宝当在10号之后了。届时是否经骑兵团回师部，或先回师部再赴骑兵团，临时再为决定。总之，我以尽可能早日赶回为好。

人一离开，思念之情特别殷切！就是这么十来天的功夫，仿佛已有个把两个月的光景。不知群亦有同感否？

红潮来了没有？念甚念甚！

有信可由交通局转抗大陈副校长转我，或交警卫员（连同衬衣）转我。

“等着我！”

雪 8月2日晨于抗大

## 二十四

琼：

8月2日发出一信，谅已收到。淮宝久旱，前昨两日大雨，民心为之大定。民众大会已改于明5日举行，6日赴十四团，7日参加抗大检讨会，8日赴二所看视伤病员。10日以后约可西返。

我近日尚算健适。时与一涵同志谈，她很关心你的身体与学习。亦望你常来信，秋凉之后，她当赴湖西一行与你长谈。

以毕业学员即行，匆匆草此，余容后叙。

祝你好！

□雪　8月4日于抗大

## 二十五

裕群：

我于20日出发，经青阳，廿五团，于日前到九旅旅部，三日来向干部报告时局及整风诸问题。明27日赴二十六团，约月底可经淮泗到淮宝，以便参加江淮大学10月5日之开学典礼。

异常担心你的身体，你又是一个不善于保养和不耐心休养的人，依恃着本来的体质好，就可以胡作妄为起来，每念及此，便不禁十分怪你！这两天的情形怎样？是否面色红了一些？是否胖了一些？我料想我不在家，你必更为着急，不安于休养了。我已下决心，这一次我要破天荒实行“专制”一下，不得到我和卫生部的允许，不准你出去工作，眼前要服从久远，今天身体营养不好，看你将来如何工作！？再不要执迷不悟了吧！

到外头走走，特别是和部队接触之后，心情总要愉快得多，广大战士群众，是如何想念着上级首长和他们见面谈话啊！

日来秋雨连绵，来风陡起，大有凉意了。晨起，换上了卫生衣，发现了一涵送你的毛衣，病中之人，是禁不起秋凉的，趁通讯员归去之便，带给你穿。望你格外珍重！

文艺作品与整风文件，应调剂阅读，李政委总有不少文艺书籍，可向其借阅。由湖东回部之后，小心我要考核你的读书成绩！

和卫生部的休养人员及工作人员，要善于相处，并不时征求人家对你的意见，休养期间，同样需要而且可以整风的。

白霜　9月26日上午于吕集旅部

## 二十六

玉琼：

我于29日晚□□□□□□□□直渡洪湖于昨午到高涧，由高涧趟水到抗大。可谓“辛苦”矣！

枕套并信已面交一涵。她甚好，并极为惦念你。或能与我一同过湖西度双十节。

洪湖之水泛滥，淮宝被淹者达五六十个圩子之多。约总计边区被淹者有两三个县，明年春荒，将不堪设想矣！

我于参加5日江淮大学开学典礼之后，即回湖西，十余日来忙于开会讲话，无甚时间读书。

红叶　10月1日晨于抗大

## 二十七

群：

在九旅发出之由李政委转交的毛衣及信，在抗大由许总队长带回的信，都收到否？

外出迄今，将及半月，并未见你只字，我不仅原谅你，而且反而惦念你，也许是病又加剧？无法写信了？此次离部，除接到几封电报之外，和师部诸同志之书信的往返上，是最差的，我没有接过他们一封信，连你也在内，湖西情况十分模糊，内心急虑，又有何法？

在抗大休息了三四天，读了两本唯物史观的中国历史，颇有心得。他们打电报要我写关于纪念节的文章，开了一个头，再也写不下去了，心绪纷乱得很，只得作罢。惟以有一涵同志时相谈叙，比较好些。昨夜不知何故，又失眠了，像去夏在管镇时一样。出外之人，接不到家信，是何等的苦味难尝啊！

明天即赴仁和参加江淮大学5日之开学典礼。6日返抗大，作一个报告，拟于8日回师部，过双十节。又打算不回去，找一个僻静处所读几天书，但又放心不下师部事务以及你的病况。

究竟是怎么回事呢？焦念得很！焦念得很！

枫　10月3日夜于抗大

## 二十八

裕群：

这一次东渡，本拟一星期即西返的，但事与愿违，迄今已十二日，恐尚需三四日始能归去。我于5日下午上船，6日到抗大，8日赴江大，参加学生会之反×教授及×××大会，共四日，终于将××击倒，学生会得空前胜利，无不欢欣若狂，使韦校长及全体学生对党对新四军对抗日民主根据地进一步的认识和拥护，这是四五天过程中的莫大收获。12日我以奉军部来示，动向赴淮南，这在你恐是一个闪电行动，出乎你的意料之外的罢？13日到军部，主要为讨论中央关于整风审查干部清理奸细的新指示，乘此时机，我又得以会见了许多新老朋友，前大公报记者后入新华日报工作的秋江，五年多不见了，此次邂逅相遇，无任快慰！在与饶曾诸同志谈话中又得到了许多宝贵的启示，精神上十分愉快。我以家中有许多事等着做，故不能在军部久留，13下午14整天15上午都完全在日夜开会谈话会客中渡过，15日下午动身北返，昨日到抗大，19日参加毕业典礼，20日当可西渡。1944年元旦，又将届临了。

很多人问到你，大都关怀着你的健康，连我也不知你近日生活如何？是否无恙？甚为念念！

我是偕同拂晓剧团一起来的，每日和小孩子们一起玩，倒也不感寂寞。今晚我们打算开一个小的同乐晚会，大家痛快的欢笑一场。

你们的整风进度到什么程度了？这是难得的良机，奉劝你努力反省自己，深刻了解文件，作一个健康的共产党员，尊重别人而又受别人尊重的好同志！

致襄阳家中信，我即拟稿，但又不知能否达到？

不日会面之后，再为畅叙罢。

红叶　12月17日于抗大

# 一九四四年

## 一

群：

昨天的信理当使你含糊，因为“话”有三小时之多，决非一句两句信中之言所能表达于万一的。不过在我，却真的如骨在喉不吐不快，这是说在自己的亲人面前。你要我把话和分析写在信上告诉你，我实在不能如命，因为这几天我忙得没有余隙，昨天校阅，准备为《拂晓报》做文，准备为抗大三一八开会。而且话有三个钟头之多，也决非一封信所能写得完的。我已说过，这些话可说也可以不说，自然如不说，只有使自己心情愈为沉重而已，当然我相信会吃得消的，一般说来，这些话在我这方面倒要多些，对于你只是一些“歉意”而已。数月以来，感到伤感，寂寞！长此下去，如不发泄，对我的健康会有影响的，因为它已经侵蚀着我的心情了。——这些话你还是不会明白的，只好当面倾吐肺腑披肝沥胆吧！而时间我又不好定，恐怕妨碍了你们的学习，以及引起外人的谈论——舆论是冷酷的啊！然而又一百分不愿意把这些话等待到我出发回后再向你说。性急之人恨不得立刻就奔向你处痛诉一番，不能够，今天下午你来好么？明天虽能见面，那是三一八会不能谈话的。我要求你，但不勉强，不勉强绝对不勉强你，使你为难。

不知不觉又写了这样多，看后烧了它吧！请求你！

红叶　3月17日晨

漫谈是解决问题的良方。

## 二

群：

从张塘到汤圩子，三封信都接到了。由于呕吐以致影响饮食，使身体消瘦，至以为念！本日于卫生部在追悼程致远同志大会上，请齐部长配了一瓶药，每日三次，饭后服，每服半格。据说这个病是自然现象，治本很困难，只能治标。但每服两天后，应停服天把，否则口舌干燥，你服服试试看。总之，望你在饮食起居上多多保重。

十天以来精神心情出乎异常的不舒服，百思不得其解，自早至晚，只是感到难以忍受的寂寞！好像落魂失魄似的。一次田老先生来看我，问我是否病了？我说何以见得？他说看眼神不对。前天方尼由江大回，曾对人说我瘦了。每天只是想睡觉，每睡必呓梦颠倒。一句话：一百个不痛快！因此，便想起在旧小说中寻刺激，读了十年前在红军时代曾经读了的《儿女英雄传》，觉得十分对味。不仅文笔生动活泼，而且故事亦引人入胜！简直手不释卷了，特别读到十三妹能仁寺动武，施恩不望报的侠女气概，深为感人！你病中心情同样不佳，特先将一二三卷送你，盼你务必于工作之暇抽出一读，它不但在情节上感动你，即在写作的技巧上，社会动态上，亦可增加你的不少知识。

另送来《拂晓》第十二期及红四军九次代表大会决议小册子各一

本，内四篇中国革命历史文献，使你们这些参加党不久的同志看看，也好知道中国革命艰难缔造的过程。

已派齐部长于明日赴湖东带江大同学来湖西分配工作，估计下月初即可到达。

一涵同志来信附上。

祝你

珍重！

红叶　5月29日夜

另《说岳全传》两本，也是必须一读的书。

## 三

群：

你的回信我读了好几遍，你的个性及其历史传统，我也深为体谅，你的“内疚”我也深为了解，可以说这是我们将近三年得以和谐下去并且将继续和谐下去的基础，否则两个阳刚性格的人，而又各自相持不下，则所造成的局面实在不堪设想！我之所以能于“体谅”和“了解”也由于我的年岁比你大了许多，阅历比你多了一些，涵养功夫虽不能令人以至于连我自己满意，但自仁和集会议之后以及整风以来我是努力在学习着“忍耐”，这一忍耐的目标，是要做到对人对事的恢宏大度。我常常在你我相处之中每一发生了缝子的时候，总作着这样一个结论：倘若是在十年或者七年以前的我，以热情获淡漠，以体贴获不体贴，则决然走向破裂之途，决然不去自找没趣，就是说决不会忍耐下去了！决不会维持至三年之久而且还要和谐下去！这一点，你从我之今日看我过去，也会料得到的。然而今年今日的我，便不会一如往昔之大刀阔斧，斩钢截铁了，这一方面是由于我的过去看我现在，而另一方面也是由于我从你的现在看你的过去，家庭环境，教养，自幼以来的个性等的理由，所以能够体贴得出来。因此，我采取的方针是潜移默化，以我对你的热爱，来换得你对我的慰温，然而许多次我失望了！故不免也有使你难堪之处，但不断又乘机提醒你，又不惜以他人对你品评和对我俩之间的舆论来警觉你，你在这方面的进步是有的，然而太不大了，使我不免又于大失望中之希望又失去了，于是一切苦闷、乏味、冷淡便由此而生，当然有时又很后悔，但是单方面又能如何将这矛盾统一起来呢？夫妇关系难道单单是为的生孩子么？即共产党人如你我，也不会作如是之庸俗想吧？你也有自知之明，承认你的“麻木”，是的，在这一点上说，你的确是不聪明的。但不断的听到麻木，而又不断的麻木下去，所以才逼出我那时的“只听好话不见事实等于欺骗”的愤激之词。从此之后，我益发的不安起来，加以你临回泗南的那场辨论，谁知我以为你回到泗南了，而又并未回到泗南，原来在距大王庄仅十余里的张塘，但凡稍为关怀，总不至于不来作别吧？这又给我那个越离得远离得久便似乎越是女子的光荣的论据，又加上了一个证据，不得不使我想：一个男子已经死求百赖的将近三年了，还要继续死求百赖下去么？可谓无骨气之甚矣了！英雄主义者是只知有自己的自尊心，而不知别人亦有自尊心的！你的来信也自认了。

由于这，再加上其他在工作人事上的几件不顺心的事，夹七杂八，便产生了半月来的无限寂寞！给谁诉呢？只有读小说遣闷，所以重读《儿女英雄传》了。因之，近来稍为好了一些，待读到你的来信，当然又好了一些。

我盼望你于内疚之余要深自反省，至于我当然也一样。只要你一有转机，那便会使我喜出望外了。总之一句话，我对你，仍然像1941年9月24日前后一样！盼望你安心做你的工作，不必再胡思乱想了！一如你来信中的誓言做下去，我自然会像9月24日前后那样加倍的待你的，感伤可以勿需了，也如我之寂寞可以勿需一样。

昨与江彤（她近来好些了）闲话，她嘱咐你，打胎之后再怀胎如不注意节劳是容易流产的，望你珍重。

红叶　6月1日

附来淮南日报中之《关于军队政治工作问题》一文十分重要，前曾记得寄给你了，如未看，则必须细读。

## 四

群：

先报告你一个喜讯，第二条战线已于本日晨6时开辟，据爱森豪威尔（盟军攻欧总司令）总部公告，已分三路于法国北部登陆，大战今天才开始。又意大利境内盟军已于昨日进占罗马，德军撤至罗马以北山地。西部战火一旦爆发，苏联在东线之夏季之攻势，必亦随之开始，东西南三面围攻希特勒德国之局面，今已形成，全世界人士都在紧张的注视着欧洲。在东方，美国仍在太平洋进行着它的越岛前进的战略计划，日本为了对付美国，不得不采取割断中国大陆的防御计划，故于占领洛阳之后，刻又开始对湖南的攻略战，现距长沙仅七十里，看样子，长沙恐将不保。1944年的夏季，是空前热闹的季节，整个地球上到处充满着炮火，新的世界行将不远了！

国际国内形势空前的有利，实在给人以最大的鼓舞，中国革命廿余年，应该苦尽甘来了。也正因为此，同样给我精神上以莫大安慰！加上读到你的两次来信，复给我更多的愉快，日来心情，较前平适些了。日前翻了翻近三年来的书信，重温旧梦，引起不少甜苦酸味都有的回忆，偶尔读到去年5月2日、3日我所写的感言（这是你叫保存着的），又不禁万感丛生，特附来你阅，不知亦有感想否？多事的5月，不仅世事如此，国事如此，即便是家事亦如此，去年5月如此，今年5月亦如此，岂不奇怪？

前接军部电，要我与邓政委于本月10日到军部开会，兹以江大学生日内即来，轮训队整风班又须前往料理，拟于11或12日动身赴军部，本月底或下月初，当可返回。记得去年5月12日也是我动身赴军部的日子，来往恰恰费了一个月的时间。你前信说6月底来师部，现在只好等我回来时通知你再定了。

前送你的几本书看了没有？如《列国志》未读完，应先读完，然后为了调剂一下，可读《儿女英雄传》，这是一部好书，只是道学气太重了些。兹将该书的最后二本送来，另送来《中国史话》一本，这是以唯物史观所写的中国历史第一部，应当仔细去读，两三个钟头就可读一遍，所以尽可多读两遍，并做笔记，此书是山东送来的，不过几本，望妥为保存，不可遗失。又送来报纸一束，内关于办合作社，劳动互助通讯，我用红笔标出来的，亦望一读，这对你目前帮助工作可作参考。又两本小册子，看后可送别人。

《大众》决用铅印，每半月一期，你既是该刊的通讯员，应练习为它写稿子并组织通讯。党报委员会前讨论决定，赵陈二同志复具体讨论如来信（附来）所说。关于写作，我曾不断向你提起，但你迄未重视。

左奇送来花生酱一瓶，当可佐餐，再送来5月份行政委员薪水六十元，保健费四十元，共一百元，可以买点东西吃。惟不知近来呕吐情况如何？甚念！

日来心情怎么样？既往不纠，彼此改换新的生活态度吧！

祝福你！

红叶　6 月 6 日灯下 10 时 10 分于大王庄

## 五

群：

我们于 13 日动身，14 日住蒋坝，15 日到军部。19 日开会，此次会议是华中各师负责同志并华中局同志的打通思想会议，主要目的在于相互打通思想，求得团结，释去所背的包袱，第一阶段是每人报告历史及自我检讨，每人报告一天，共十二人，需十天以上，现在已大部报告完毕，明后天即可结束。第二阶段各师自己相互交谈，约四五日。第三阶段，检讨十大政策，每师报告所执行的一个政策，在于交换经验，亦需十天左右，合计要一个月出头，待我们回去（拟转抗大耽误数日）恐在 7 月下旬了。

此次会议，对大家极有意义，这些老干部参加革命一二十年之中，有不少错误、成绩、委屈、误会、偏见之类，经此会作一总清算，将经验加以总结，是最好的整风，对于我尤为帮助大，我心里异常愉快。加以各战略区老战友会集一堂，谈新话旧，每日开会六小时，倒也安闲自在，每天没有杂事，除反省之外，读书时间亦复不少。

周季方偕张建之并他们的小孩子于日前来此，每天亦可相谈。

你是否仍在管镇工作？近来身体如何？甚为念念！二十多天来

未接你的信了。我近来生活甚有规律，身体亦颇健康。大家都说我的身体最强。

希望常接到你的信！

红叶　6月28日晚于军部

陈毅人来信附上，小字典当留师部。

## 六

群：

30日寄回28日写的信，不知收到否？你26日由罗岗发来的信，于今日收到。知你身体仍未复元，甚为焦念。特别是由驴上跌下，将更影响健康，这是你自不小心之故，在怀孕期间，走路劳动都应特别谨慎，否则易于小产，不仅目前受苦，而且影响将来，那时病魔缠绵，只有自己吃亏！我临来时写信嘱咐你的话，大概已置之脑后了。兹再叮咛，望你珍重你自己的身体，保持你的健康！已经不是小孩子了。

这几天我们休息，明天大家去参加党校的毕业典礼，再过一个七七，这个会恐非延到7月底不可了。

江彤生一女孩已一星期，冯文生一男孩即将满月，范长江夫人已由渝经汉转沪来军部，作了一个独身万里寻夫伟迹。

附上××来函两纸，她与×的关系，已有人放出谣言了，来信之字里行间，隐寓无限牢骚，她是一个男性的女人，对男女之间向不在乎，如今已吃到苦头了，人生在世，瓜田李下尚且避嫌，何况男女之间乎？

开会期间，已将《清史通俗演义》读完，在此又搜集不少古书，另一册《鲁迅书简》，珂罗版印真迹，甚为精美，便中摩玩，颇为有趣。

短期间内体会出不少人生真谛，关于处世待人接物等等，自觉略有心得，待晤面时为你倾谈。

耑此，即祝

保重！

红叶　7 月 2 日 21 时于军部

××来信望保留，拟给陈部长阅。

## 七

群：

我们的会约可于日内结束，北返之期总在 8 月 3、4 两日，是否绕赴抗大，尚未决定，须看当时情况。

今年之热为数年来所未有，我们正在会中，殊为难熬，但近日来较好。暑中你身体如何？念念！

会中抽暇，读完《清史演义》《西汉演义》《戊戌政变记》《官场现形记》诸书，甚以为快，前送你之《儿女英雄传》未知读完否？

在报上看到你的两篇文章，一般说来还好。希望你今后努力。

半月之久，未接你信，不知何故？

祝

暑中珍重！

红叶　7 月 29 日于淮南

# 书信

# 给雒鸿襄的信

雒鸿襄[①]同志：

为了尽忠报国，为了保卫国土，你以中华健儿的英勇姿态和牺牲精神坚定地站在最前线，不幸负了光荣的创伤，支队全体同志以及全国不愿当亡国奴的人们莫不钦敬！你这种模范的行动，给人们以极大兴奋和刺激。

最近支队因经常移动，而你的家中又来迎接你，为了便于你静心养伤，我们同意你回原籍调养。现特由联络站送给你抚恤金二十元，路费十元，请查收。

望你回家后常常来信给我们，告诉我们关于你的伤状，以释悬念。

彭雪枫

1939 年 8 月 14 日

① 雒鸿襄（1920—？），河南省社旗县下洼乡肖庄人。1936 年 6 月参加革命。1938 年 10 月调任新四军游击支队特务排长。次年 4 月，率队在津浦铁路沿线对敌运输线实施爆破中光荣负伤。1939 年秋返乡休养。1961 年秋，被定为特等残废荣誉军人。

# 致韩德勤电[1]

江苏省政府韩主席楚珍先生勋鉴：

顷砀山县府所属之砀南常备总队政治处主任共产党员怀盛德同志[2]，突于本月二十日，被该县县长窦雪岩、砀南办事处主任胡式如，无端扣留，遽遭枪杀，猝使民族精英，抗日获诛！豫皖苏边抗日军民闻之莫不惊诧异常，悲愤填膺！

慨自“八一三”烽火告警，江南繁华，首遭蹂躏，徐州不守，中州板荡，百鬼昼行，小丑跳梁，惨使江苏十万方公里无一寸干净土，四千万人民同陷于人间地狱。其间负弩前驱，义无反顾，拯斯民于水火，复国土于指顷，动员人民参战者，在江南则有我共产党新四军，在江北则亦有我共产党新四军、八路军，是则共产党有功于民族者，彰彰在人耳目，今竟横遭杀戮，宁非怪事！

查共产党员怀盛德，束发青年，一介寒儒，所以挺身而出，奔走呼号，胝手胼足，入死出生，年余以来大小数十战，开创砀山人民抗战局面，赴汤蹈火，不辞艰辛者，一不为官，二不为财，盖以为中国青年，且为中国共产党之一员，自以抗日为大义，救国为己任，责无

① 这是彭雪枫为砀南常备总队政治处主任怀盛德被砀山县长窦雪岩等辈杀害一事致江苏省府主席韩德勤的电报。

② 怀盛德，原江苏省（今安徽省）砀山县刘庄人，砀山师范毕业。

旁贷也，乃竟遭窦、胡等辈之嫉，必欲捕杀之而后甘心，是敌寇之所未为者，而窦、胡等辈竟代为之矣！试问天下尚有如此昏聩糊涂阴险之官吏乎！

自抗战阵营中出一汪精卫认贼作父，丧心病狂，其心之险，其行之鄙，使李完用、吴三桂鬼魂有知，亦将惭后来居上，自愧不如，乃暗藏之精卫复群起而响应之，效法之，以惨杀共产党为英雄，以寻找磨擦为能事，以投降叛国为天职，以倒行逆施为己任，有孔必入，无微不至，必使中国投降，国共分裂而后已！

谅先生得此噩耗亦必为之痛心疾首，扼腕叹息也。谨此上言，恳请严惩凶手窦、胡等辈，从优抚恤烈士家属，并保证尔后不得有同类事件发生，以彰大义，而雪冤抑。急不择言，伏希亮察，不胜迫切待命之至。

新四军第六支队司令彭雪枫叩俭[1]

1940年2月28日

《拂晓报》，1940年3月2日

① 俭，为28日。

# 给怀盛德家属的信

盛德同志家属礼鉴：

盛德同志突于本月二十日惨遭顽固反共分子之毒手，壮烈殉国，与世长辞。噩耗传来，我党同志及广大人民莫不悲痛发指！我共产党人谋国惟忠，奉职惟勤，盛德同志于枪林弹雨之中，血染征尘之际，幸未死于沙场，而竟死于顽固宵小之手，良才殒折，令人击案长叹！

方今敌寇谋我益急，上层资产阶级投降反动日甚，反共则由政治走向军事，由限制压迫走向武装进攻、造谣诬蔑之外，则继之以暗杀活埋，反共投降分裂倒退之声，甚嚣尘上。挽狂澜于既颓，争时局之好转，惟赖我党我军及全国抗战团结进步人士之努力奋斗。中国为中国人民之国家，中国人民欲其独立、自由、幸福，反动分子必欲出卖断送之而后已。但抗战为大多数所坚持，国际友邦所帮助，敌国人民所同情，则目前时局之严重危机，当可因之克服，最后胜利可操左券，而盛德同志之冤抑必得伸雪矣！

死者已矣，尚望节哀，善视家事，努力工作。盛德同志之子女，我党之子侄也。党必能恤抚之，教育之，以期长成，承继乃父之遗志，则盛德同志虽死犹生。

兹特付上子女教育费洋一百元，望查收。

谨致

沉痛哀悼之至意！

彭雪枫<br>吴芝圃<br>萧望东<br>1940 年 2 月 28 日

《拂晓报》，1940 年 3 月 2 日

# 给王老太太的信

王老太太：

蒙你老人家捐给我们十五块钱，我们真是说不出来的感激，因为这十五块钱是你老人家舍不得吃，舍不得穿，千辛万苦，长年久月积攒下来的。你老人家这种抗日爱国的热心肠，热爱抗日部队的好意思，真是够使我们欢喜了。

四万万五千万的男女老少要都像你老人家这样，鬼子还有赶不跑，中国还有不兴旺的道理吗？我想大家一定都会学你的好榜样。咱们中国一定要昌盛，咱们永城一定要收回，咱们老百姓一定要过太平日子，咱们老百姓一定要幸福的。这是你老人家的心愿，也是我们新四军的心愿。我特为代表新四军谢谢你老人家，并问候你老人家的好！

彭雪枫

1940 年 2 月 29 日

《拂晓报》，1940 年 3 月 4 日

# 致鲁紫铭先生的信

紫铭老伯：

雨亭兄于本月一日，指挥部队在山城集与敌血战，正在解决战斗之际，不幸弹中头部，壮烈殉国。雨亭兄自去秋参加敝军，即率部作战敌后，屡袭陇海沿线之敌，曾前后毙敌横山少佐、佐野联队长及北山大尉，功勋独建，捷报频传，敝党期望正深，国家倚畀方殷，将星突殒，百战身死，噩耗惊传，全军将士悲痛欲绝，豫皖民众椎心泣血，誓拼全军之力，与敌搏战，再接再厉，继承死者遗志，完成抗战建国伟业，以慰先烈英灵于万一！

顷者雨亭兄遗体已经成殓，身后大事亦均料理就绪，除在各地表扬功绩、激励忠勇、通令全军举行壮烈追悼外，复建筑雨亭图书馆，树雨亭纪念碑，以期垂之永久。尚希高年珍慑，勉抑哀思。雨亭精忠报国，马革还葬，为民族争光，亦足为家范矜式。谨函驰陈，藉申慰问。

彭雪枫谨上

1940 年 4 月 3 日

《拂晓报》，1940 年 4 月 7 日

# 致袁传璧

沐予①县长足下：

久疏诵候，至以为念。近维起居佳尚，为慰为祷。昔者敝军驻鹿邑，足下掌政太和，今者敝军驻涡北，足下复主宰蒙城，前后年余，防区密迩，殊非偶合，然竟不识以谒荆州，缘悭如此，颇以为憾！论者每谓毗邻年余，而竟缘悭一面，政见之勃豁自所难免。此说未必无据，设能早日谋面，开诚布公，化除成见，足下或不致倒行逆施如此，而豫皖团结抗战之局面亦未如今日，尚有待于吾人之努力也。

足下每以希特勒自况，以反共反新四军为能事，仰且去秋敝军副官彭大经竟因诬良为盗，苦打成招而见杀，近日复有大批抗日先进人士惨遭足下毒手，横被活埋者，前后达二百余人，勒赎尸身不遂，更暴尸于死者家属门前，血腥残酷，开历史之先例。人民恐怖异常，咸谓比土匪还厉害。诬蔑新四军之谣言，反共分裂之谣言，军事部署进攻新四军之谣言，今日说新四军攻打涡阳之谣言，明日说新四军攻打蒙城之谣言，推本求源，亦以蒙城为中心。是则足下用心不得谓为不苦，反共之志亦不得谓为不坚矣！此行此志，希特勒亦将自愧不如！盖希特勒初虽以反共自任，终不能不向苏联低头，且释放德共领袖台尔曼，修改其《我的奋斗》一书中之反共成份，足下青出于蓝，后

① 沐予，袁传璧的字。安徽寿县人，1938年8月任太和县长，次年秋任蒙城县长。

来居上，真前无古人而后无来者矣！足下为一地方官吏，固以真诚拥护委座者，委座之言行录，委座之言论集，当搜集无遗，满坑满谷，然则委座之“精诚团结”伟大之昭示，竟未及偶一寓目乎？委座“防共就是灭亡的同名词”未知足下亦有感于衷否？实令人所大索不解者，今日之政府，抗日之政府也，皖北，国防之最前线也，足下居官二载，未闻与日本交战几回合，格毙日寇几数人？而傲然自称反共英雄，自拟为蒙城之刽之手，屠杀手无寸铁、为国奋斗之共产党员及先进人士，其政府之意志乎？足下于操刀四顾、踌躇志满之际，伸鼻自嗅，亦有中国人之气味乎？夫反共之说，昔汪精卫曾滥言之，发展而成为今日公开叛国，最卑鄙龌龊之汉奸，贻辱祖先，腾笑万邦，国人避之惟恐不远，奈何足下躬自蹈之？是则足下大可以休矣！虽然君子之过如日月之蚀，放下屠刀，立地成佛，是则不特吾人之所厚望，亦全国人之厚望焉！忠言逆耳，幸见谅之。

耑此，顺颂

勋祺！

彭雪枫

1940年4月29日

《拂晓报》，1940年4月29日

# 致邓颖超

小超大姊：

汉皋一别，三个年头，无时不在念中，这之间您走了一趟莫斯科[①]，可谓幸福之至！我则深入敌后，每天冒着枪林弹雨，风来雨云，肉体上虽不舒服，精神上倒也愉快，不过反共分子随处皆有，总有点讨嫌耳！

任泊生同志在我处工作。他自己以及我们大家都盼望陈波儿同志来。她去年在洛阳曾给我一封信，说打算要来华中。请您成人之美吧，不仅他们夫妇团圆，而主要可给我们在敌后活动的部队，在文化娱乐工作上以大的开展。我们在望着！

特向大姊郑重声明，我个人的问题并未解决，也不打算解决，海阔天空，独来独往，岂不写意？已经老了，已经老了！（吴振英问候你安好）

要想见面，怕只有待之于抗战胜利之后吧？我真是想你们！就是我一个人孤独地在这敌人的后方，胡服又离得远，想找人谈谈，净是“部下”。战争、人事、困难，千态万状，总是不轻松得很！就是像汉口那样过几个月见几天面的机会都不可得！

我知道您忙，可是总想读您的信。十年战友，友谊，同志间的亲

① 指1939年8月至1940年3月邓颖超陪同周恩来到莫斯科医治臂伤。

爱，是比什么也宝贵的！

我不知道居留在渝的故人都是谁？知道的请您代我致意吧！

祝您

健康爽快！

我很结实，从来没有病过，请您放心。

最近小照送您三张，余者请您代为送人。

雪 枫

1940 年 5 月 28 日

夜于豫皖苏边小荒村中军次，时在狂风暴雨之后

# 给谢老太太的信[1]

谢老太太：

你的三个儿子为了抗日救国英勇牺牲，满门忠烈，留下无上的光荣，全国军民莫不钦敬。他们能够如此深明大义，为国牺牲，都是由于老太太平日教育之功。从前岳母教育岳飞精忠报国，几千年后还被人人赞美，老太太教子三人英勇杀敌，也足以比美岳母而被人人所赞美了。

不过听说谢老先生因痛伤过度不幸逝世，这是很可惋惜的事。四个小孙儿年纪幼小，无人培养，我们一定帮助教育成人，使他继承乃父之志，这个你可以不必顾虑。

你的家庭生活困难，我们尽力帮助，特派游历同志代致慰问，并携带法币一百元作为生活日用的稍助，请你收下。

我们要努力打走日本鬼子，为你的儿子复仇，使你能过安宁的日子。希望你要安心度日。你有什么问题，我们一定会帮助你的。

祝你健康！

彭雪枫

1940 年 7 月 11 日

① 这是彭雪枫给烈士谢继书（1940 年 4 月 16 日牺牲）、谢继祥（1940 年 6 月 1 日牺牲）、谢继良（1940 年 4 月 1 日牺牲）的母亲谢老太太信。

# 给辛程的信

辛程[①]同志：

很对你不起，半月以来，忙于校阅，忙于开会，把你的“自述”搁在今天才详读一遍。其实，也并不是说硬没有功夫，不过，我觉得不应当对你所重视的问题草率，这也是一个原因。

这样的检讨，在我党队伍中，不是一件特殊的工作，然而由你郑重其事的写下来，倒是一件颇为新鲜的事。我很同意你这样做。这对你的前进的速度，加强了。

根据你的出身、教养、遭遇，生活过程的时间，得有今天，那不是一件容易的事。就是说，你还不曾沾染了一般的（我是说一般的）小生产者那种好高的、浮躁的、夸张的、自负的、睥睨一切的习气。这种“习气”使人只得望而生畏，敬而远之。从普通“为人”上说，你获得了不易得到的这个“浑”字，浑的反面是“峻”，这是由“克己”方面得来的功夫。入党之后的锻炼，使你的阶级意识加强起来了，你时刻在留心着你的“党性”。苛于责己，谨慎待人，而焦点则放在“党的利益上”。我以为你应当“珍贵”它。

也正因为出身——小生产者，所以带来了“过多的顾虑”“趣味”等等，而中心还是原则的把握不牢——理论修养差，处理问题的不够

① 辛程，时任新四军第四师政治部调查研究室（政策研究室）研究员。

炉火纯青——经验不够丰富。然而这是可以克服的。

我特为向你提议，理论是需要的，不能放松，但在“今天”的你来说，“实践”则更为迫切，在“工作”之中更“活跃”些，在心情上更“坚硬”些，同时在态度上则更“不突出”些。运用之妙，存乎一心，由你去体会吧。

自然，这只是我个人的“管见”，是依据着三年来的相识，以及你的“自我检讨”而提出来的，对与不对，当然尚有考虑的余地。

彭雪枫

1942 年 3 月 16 日于半城

# 给张洪的信

张洪同志：

读到你六月三十日的来信，知道我前次给你的信收到了。你说我“太谦虚了，不必在一个幼稚的孩子面前太客气的说话”。我想你或许是误解了，同志面前，过于“客气“自然不对，然而“谦逊”，则为必须。何况你所爱好的东西之对于我，又隔着一个“门限”呢？孔老夫子自认“不如老农，不如老圃”，缘故即在于他为“士”阶级，四体不勤五谷不分，“不如”的话，倒是坦直，而不是“客气”。这种态度是应为我辈所取法的。

听说你不大安心于连队工作，并数次要求到地方上去，经过数次谈话，仍未放弃原意。究竟你的动机如何，我甚难揣测，是不是如同志所说之“不愿在下层工作”，以便到地方上“痛快”些（其实也并不怎么痛快）呢？我不得而知，或许你没有这种想头，不过假设（我是说“假设”）要有的话，我劝你还是打消这个念头的好，这不仅是为工作着想，也是为你的将来发展着想。

像你这样的知识分子——要按毛主席的说法，算是半知识分子——年纪轻轻，实际工作经验不多，文化教员这样的岗位，我认为倒恰合适。人们不是高喊“到下层锻炼”，“充实自己”么？连队之于军队，比较算是下层了（最下层当然是班），然而并不如吾人所想象之“简单”，本身业务之外，有军事生活、战斗生活、支部生活、政治生活，这许多生活，拢起来，就够“丰富”了，就够学不尽锻炼不尽了。即以你的业务——文化教员来说，摆在你面前就有百十张面孔，供你研究，前进的、落后的、聪明的、拙笨的、勇敢的、懦弱的、老老实实的、调皮捣蛋的、忠厚正直的、诡诈奸滑的、真正是来革命的、假借革命以图名图利的，百种千样，五花八门。再以出身成份来说，有做工的、为农的、经商的、当兵的、上学的，各有各的性情品质，各有各的生活习惯。又拿文化程度来说，高的、低的、识字多的、认字少的、读过四书五经或人手足刀尺的、学过 ABCD 加减乘除或物理化学几何代数的，如此如此，如彼如彼，就够你取之不尽用之不竭了！我想，你不但做了他们的先生，也可以做他们的学生，既要教人家本领，又要向人家学知识，何乐而不为呢？你不是爱好文艺，喜于写作吗？请问连队之中有多少张面孔，供你描绘，有多少个典型，供你推敲，何乐而不为呢？辛克来为了写《石炭王》，专门钻进矿山里住了半年，曹禺为了写《日出》第三幕，专门到娼门之内混了三个月，如今有现成的对象和生活环境，又何乐而不为呢？

古人说：“登高必自卑，行远必自迩”，换一句俗话叫做：“万丈高楼从地起”，将来的发扬光大，首先要由现在去打下基础。你没有听人说过：“宰相必出于州郡，将帅必出于卒伍”么？革命工作自不应期期于“将帅宰相”，然而担子和责任，自应日日加重起来。但必须首先站稳脚跟，根底打得深，楼才起得高。否则就要做“墙上芦苇”了！

是不是说，地方工作就不能锻炼，就没有好处了呢？不是的，不是的，同样有好处，同样可锻炼，问题在于“工作的需要”和“经验的积累”，各有各的一套。是不是说，就永是注定做军队工作，毫无改换之可能了呢？也不是的，问题在于“什么时候这个重要，什么时候那个重要”。

我希望我的这封信，能打动你的心，使你能够回心转意，站定目前的工作岗位，埋头苦干下去！

蒙你关怀我们这里的“蚊子”，谢谢你！这里没有半城那样的凶恶（也许还未到时候），还马虎抵抗得住，不过终究这些昆虫们，是不大招人喜欢的。

祝你

努力！

修道　七·七之夜

1943 年 7 月 7 日

《拂晓报》第 4 版，1943 年 8 月 1 日

# 日　记

# 驻晋办事处日记

（1937 年 2 月—1937 年 6 月）

## 二月十日（腊月二十九日） 星期三

上午看报后，读《日文自修讨论》一小时。

读毕《纪效新书》，戚继光之为人，有魄力，有胆略，且富创造力。书中所示，以火器时代不同，故战术亦异，但关于操兵练武则力主“美观则不实用，实用则不美观”，倒是中肯语。又对于军纪风纪亦特别注意，书卷二中有“如擂鼓该进，就是前面有水有火，若擂鼓不住，便往水里火里也要前去。如鸣金该退，就是前面有金山银山，若鸣金不止，也要依令退回。如是大家共作一个眼，共作一个耳，共作一个心，有何贼不可杀，何功不可立”之段，用以作现代练兵宝鉴，仍可实用。

晚读郁达夫之《屐痕处处》，描写游历各名胜，不禁羡慕不止，但字里行间，常暴狂态。

本日为废历除日，终日爆竹声断断续续，傍晚尤烈，夜十一时渐稀，但仍未止。阴历年总是比阳历年热闹的！

## 二月十一日（正月初一） 星期四

中夜被爆竹声震醒，正是市民们的所谓“一声爆竹除旧岁”了。晨起，白雪一片，神爽。大雪日间断续，晚十时半又落。

起后，厨房及各役人挨门贺岁拜年。早午两餐均比平日丰盛。

读完《屐痕处处》，乱翻《徐霞客游记》。

九时半胡来，稍谈即去，托带交津支一信。

## 二月十二日（正月初二） 星期五

晨六时半起床，七时一刻往公园吸鲜空气。街上往来人都衣冠楚楚，手夹贺年片夹，相遇互揖，要不爬在地下磕一个，口称“恭禧发财”。十五年前，也曾过过这种生活啊！

早饭后信步走去，到北城打了一个转，途逛坝陵北街之“关帝庙”，建筑颇为娇小都丽。又到城隍庙，处处表现老朽状态。十一时经按司街回。

午后到图书馆。阅报后，借来屠格涅夫之《父与子》一部，这是部久已闻名而未能读的名著。晚读完第一分册。译笔流利俏皮。

右牙床旧疼复发。

到外国留学之心，时绕脑际，不知本年如愿否？

## 二月十三日（正月初三） 星期六

晨接今兄由平寄来四川地图一份，并信一纸。

早饭后发给秀生[①]兄一信。

午后到图书馆，读报后阅《书人》杂志创刊号一本。

右牙床疼如故，并略肿。

晚读完《父与子》全部，描写一个青年大学生——巴扎洛夫，不相信一切的虚无主义者的民粹派知识分子，和当时另一个旧的时代贵族的保守的专制主义代表在思想上的冲突。旧思想的代表是巴扎洛夫的密友阿卡提的父亲及其伯父保罗。而阿卡提则为受他影响极深的同路者。这种冲突是由辩论到闹纠纷，以至于决斗。而阿卡提终于因本身是个贵族子弟而与贵族恋爱，因而对他的信仰动摇，结果是和爱人结了婚而信仰绝交了！巴扎洛夫要和阿卡提分手，别理，而决绝地和阿卡提绝交，并这样地骂他："我们这一次是永别了，这是你自己也知道的——在临别的时候我再对你说：你做的事是很聪明的，因为你是不宜于过我们那粗陋、苦痛、飘荡的生活的。你没有锐气，没有怨毒，虽然有青年的勇敢，青年的精神，可是未做我们这种运动，那是不够的。像你们这种贵族一类的人，至多只能负担些优美的忍耐，发表些优美的愤慨，再不能超过这个了，这有什么用呢？譬如说吧：你不肯争斗，——虽然你自以为是一个勇敢的人，——而我们却要争斗。我们的灰尘扑进你的眼里去，我的汗泥溅满了你的一身，可是你没有长成与我们一样的高大；你不知不觉地自己要称赏你自己，喜欢自己骂自己；我们对于一切都厌烦死了！我们没有时候玩这种把戏，——我

① 秀生，为时在津之党的联络员。——自注

们有别的事要做，我们有别的人要打倒！你是一个很好的孩子，可是终究是一个软绵绵的贵族，温文尔雅的绅士，——这就完了。”巴扎洛夫是一个果决、高傲、热烈、而又锋芒外露的一类青年。然而他终也由于恋爱，虽在染病将死的时候还忘不了他的情人贵族夫人！《父与子》的结局如此，这也就是屠格涅夫于出书后既得罪了旧势力，而又不讨好于新派的原故吧？屠氏的六大杰作，除《父与子》外尚有：《罗亭》《前夜》《贵族之家》《烟》《荒地》。

## 二月十四日（腊月初四） 星期日 晴

上午，读日文三小时。学外国文，尤其是自修，更须要下苦功。据说四个月内读完前期四册，可以阅读简单的书报。这样努力下去吧！

给梁[①]一信，问他“前恳托之事如何？”。

午后到图书馆，见二月九号及十号之《世界日报》，已将前投之《说太原》登出来了。今后尽可能的继续下去，一则练习做文章，一则可以卖几个钱。

右牙疼，傍晚更甚，不得不到药房买药救急。“康普乐”一块九，贵。“凡拉蒙”一块六，也贵。“痛必灵”六角，又是国货，买了一瓶。吃了两片，似乎好些。打算明天到“川至医院”把那个坏牙拔了去，免留后患。

晚八时到文明浴池洗澡。与工友谈过年情形，他们对于过阴历年

① “梁”为阎锡山之外甥，时任阎之政训处主任，为与红军接着之代表。1942.1.22注。——自注

还不放假，对掌柜表示不满，所以在招呼客人上都没有劲儿。

从图书馆借来一部屠格涅夫原著，郭沫若翻译的《新时代》。忽然立下了个志愿，拟在最近期间把屠格涅夫及托尔斯泰等的几部名著读一遍，增长学问，兴奋心情。下午简略地草了个屠格涅夫的著作年表，抄之如后：

1818.12.28，生；1883.8.22，死。

1847——《猎人日记》出版。

1856——《罗亭》出版。

1860——《前夜》出版。

1861——《初恋》出版。《贵族之家》出版。

1862——《父与子》出版。

1867——《烟》出版。

1877——《荒地》出版。

## 二月十五日（正月初五） 星期一 晴

起床过晚，洗脸毕已七时半了。早饭后左右不得劲儿，于是读《新时代》百页。

先后收到生活书店新书寄来六本，计：《西北地理》《大众政治经济学》《夏伯阳》《胡曾左平乱要旨》《说写做》《怎样演说》。新书多了，此后应该苦读才是！

晚饭前读完《说写做》。这是一本平庸的，并无什么“独得之见”的小册子。

晚六时半到文庙民众教育馆看“公余剧团”演话剧，票价五分。计三部；一为“一个没有户籍的人”，内情是一个从事伟大事业的人被捕入狱，狱长向之调查姓名籍贯，彼不实告，终将话说服感动了也是穷人出身的狱长，放了他，狱长也逃走了。二人对话独幕剧，穿插虽不复杂，但言词剧情极紧张。一为“街头人”，内情是夫妇穷困，女人偷人钱袋，男人知道后送给警察。儿子终饿醒了，男人晕倒。也是二人对话独幕，但十分松懈。饰女角者呆板，拙笨，毫无表情能力。一为“住居二楼的人”，写一工人被穷困所迫进行偷窃，被主人发觉，亦即摆布他的律师，但律师之妻对之表同情。三人对话，意义颇好，但结局不佳。饰律师之妻者，表情、对话均入神入妙。

## 二月十六日（正月初六） 晴

太原各报春节后第一日出版。阅报后读日文两小时。

十一时梁来，谈托之事已办妥。当即给秀生快信一封，告知友人等速来，下午并寄湖南郑少綮小说杂志计六本。

午后二时到觉民出版社购《自修大学》《谈风》《宇宙风》《光明》各一本，遂赴沧园洗澡。

晚七时半赴中华大剧院看“王先生到农村去”，有声对白。这是自到太原以来所看滑稽电影中第一个佳片子。剧情是王先生受不了上海都市中金融的恐慌，于是全家农村去，又受天旱及土豪的压迫，将女儿许与士绅，但在结婚时王查知该士绅吞没赈米二百石，遂协同赈灾委员（其友）发动群众将士绅打倒。剧情的深义，动作的幽默，都恰到好处，尤其是结构富一种农村斗争情绪。

## 二月十七日（正月初七） 晴

上午读日文三小时，将“假名五十音分别记忆表”制成。

读完《世界知识》五卷第十号。晚读《新时代》百页。

昨今两天室内火炉停火，这是对于右牙床疼肿所实行的“釜底抽薪”的方策。果不其然，今天的疼止了，脸肿亦见消退。不过在室内读书写字时有点儿冷。

## 二月十八日（正月初八） 星期四 晴

宋绍林于昨晚到并，本日上午来见，果不出上次所料之时间。不久，梁亦来。午后陪宋移至山西大旅馆。晚又同到柳巷，宋新量中山装一件。午后寄秀生单挂号一封。

读《新时代》，如吃甘蔗，越近根处越甜。

## 二月十九日（正月初九） 星期五 晴

上午梁来，对所托诸事，完全允办。

午后到觉民报社购买《中国新论》三卷二期一本，《中国人》一卷四号两本，《论语》《西风》各一本，《科学的军备与现代战争》一本，《大公报》（二月十六日）一份，拟由宋带回家[①]去。

---

① “家”者，即延安也。1942.1.22 注。——自注

读《中国新论》中之《成吉斯汗参考书籍述略》一文，兹录所述参考书如下：

1.《元史》；2.《辽史》；3.《金史》；4.《历代名人年谱》；5. 顾炎武《日知录》；6. 日人太田三郎著、屠孝宽译之《成吉斯汗》；7. 那珂通世著《成吉斯汗实录》等。

晚九时前后心情不适。读《新时代》五十页。

## 二月二十日（正月初十） 星期六 阴

午后，伴同宋、李二位赴按司街打听买布行市。

晚，宋来约赴街购买水笔，遂到晋新书局买五元、三元各一支。买后到楼儿底吃饭。

晚，读完《胡曾左平乱要旨》及《新时代》百页。

## 二月二十一日（正月十一） 星期日 阴雪

天将明约摸三四点钟时，爆竹忽然大响，而且老是那一家，老是那一种，吵人清梦，讨厌。早七时起，见“白粉”铺满大地。洗脸之后，便“纷纷”起来了。但未午又止。午后是“道是无晴却有晴”。

因是星期日，街上特别热闹，加以灯节将届，更形轰轰然了。间或有些铺子门口挂灯的。

十时半梁来，谈两小时去。说起晋北人的出外经商，以东口多伦、西口包头为多，三五年回家一次。也有远至库伦、宁夏的，回家时所隔的年数就更多了。但以西到新疆之伊犁者为最多，大约为十二年。比如十二三的小孩子随着父兄等去，隔上十二三年，回老家一次娶了亲住上三四年，生了儿子，到二十七八第二次去，到四十来岁时第二次回老家，这时儿子也十二三了，又带着儿子作第三次的出征，又过个十一二年，则作第三次的回家，又与儿子完婚，休息个三二年，则作第四次的出征。一个人往往出去个三回就可以“告老还家”了，倘若四次则多半老死在外，永也不得回了。那些到包头去前山后山的，大半骑骆驼，尤其是两岁左右的“驼仔子”，比马还要跑得快些，而且又能持久，途中又简便，所以官家的重要公事常骑骆驼传送云。这倒是新的发现！

下午宋来谈两小时去。

《新时代》读完了。怀疑屠氏的《贵族之家》就是此书的另一名称。描写俄国十月革命前“到民间去”的革命运动，以贵族之家为纲领，写过激主义者“马克罗夫”的失败，修正主义者“梭罗明”的慎重、无所谓，及其理想政策的小成就。中间穿插着怀疑论者，小布尔意识的“涅屠大罗夫”，及贵族的亲戚女子名“玛丽亚娜”的对革命的动摇不定和他们的恋爱故事。全书的主人公是“涅屠大罗夫”。他是个什么样的人物呢？作者描写他：“是纤巧的面貌，柔嫩的皮肤，美而软的头发，甚至连稍微带些鼻音而中听的声调都是贵族的表现。他是异常的神经质，异常敏感，容易兴奋，性情是很浮游不定的。他从小时候所处的不正当的境遇，在他的心中使他的敏感性和兴奋性发展了，但是他先天的贵族的精神没有使他陷于怀疑，陷于猜忌，——这种不正当的境遇，也是他矛盾性格的原因。——他爱洁成癖，选择得非常谨严。他又努力在他的谈话中学些俏皮和粗鲁。他是天成的理想主义者，激烈而狷介，勇敢而又羞怯。他自己以这种羞怯的狷介为一种可诅咒的罪恶而自惭，以嘲笑自己的理想为自己的义务。”……他爱文艺好做诗，而又恨这种可怜的习惯，他讨嫌这种舞文弄墨的习惯，然而终于赶不跑这种习惯！正是由于他的社会基础的造定，所以作者编排得他不得不对于革命的怀疑，失望，苦闷以至于自杀！他对他的爱人玛丽娅娜说道：“我以前以为我对于革命是信仰着的，只是怀疑着我的力量，怀疑着我的才能，我的能力我以为和我的信念是不相称的。……但这两者是不可分的，这是明如指掌的事情，——我为什么要欺谎自己呢！——是的，我对革命事业也没有信仰！”结果作者使他自杀了，译者把他枪毙了！至于“马克罗夫”呢？“他是个好事而顽固的男子，并且是蛮勇而不知畏惧的，他不知道容恕，也不知道忘怀，他始终为他自己和一切被压迫者感受不平，他万事都能拼命。他的狭隘的精神专致在唯一的地点，他所不能了解的于他便是不存在的，他对于虚伪与欺骗是憎恨而蔑视的。对于在上位的人，他一切都称为反动者的，他是粗率而且横暴，对于一般平民，对于农民和百姓，他是亲切的如像弟兄一样。”而同时他又“读书不多”。很明白他是个所谓幼稚的左倾的过激主义者了。结果他是失败了，被捆送官府里去了。还有“梭罗明”，作者在“涅屠大诺夫”的脑中描写他：“他是位慎重的人，他是有定见的冷静的男子，……是一个沉静的坚毅的魄力，他晓得他的欲求，他有自信而能使人相信他；他决没有烦躁的时候，……最卓越的是他那平衡，他那平衡！这正是要紧处，这些正是我所不及的！”他是个慎重的，过于慎重以至走到害怕动摇的右倾的池中。他对玛丽亚娜说：“因为凡为从事这种举动的，即使事情成功，站在第一线上的人都是要破灭的，但是像他（马克罗夫）所从事的，不仅第一线、第二线要破灭，就是第十线、第二十线也要破灭的。”因此他对他作的举动带着嘲笑冷淡的态度，而自己走到改良主义的路上去。作者倾向于此，所以使梭罗明有所小成就。全书情节的悲壮，译笔的流利，在在都比《父与子》好，在艺术上说是可以供人消遣的书。也如译者所说，他只是给人以“消极的教训”。

## 二月二十二日（正月十二） 星期一 阴风

上午到山西旅馆宋处，并在该处午餐。

下午睡两小时。晚七时半寄津快信一封。

## 二月二十三日（正月十三） 星期二 阴

午前九时化之[①]来，并送阎主任言论小册子多种，谈至十一时辞别。

晚八时收到绥署送来刊物多种。

傍晚赴柳巷买牛肉鱼肉罐头及其他食品计洋十一元五毛，又到晋裕公司买汾酒六瓶计洋三元二角五，均交宋带回家去。延安是我们的家了。

傍晚出门时，有商会组织的“高跷队”在街上舞耍，观众塞满一街，交通为之断绝。

## 二月二十四日（正月十四） 星期三 晴

九时到山西旅馆送绍林起身，九时半往车站，赶到站不到五分钟，车就开了，真可谓十分匆匆了。约摸下月三号四号可到家，十七、十八两日当可转回到并。望之！

---

① “化之”即“梁”之号。——自注

午后一时协同福顺兴掌柜、李洪兴到土货商场经理室及批发营业部，购买土布二千七百余元，当即嘱其打包，并与并州货栈委人商妥，明后日当可起运。

晚到智君室略谈后即出门洗澡。柳巷桥头街一带已经人山人海了，从人缝中钻到沧园澡堂，已经吃力不小。但所谓高跷社伙之类既不新鲜又不动人，较者幼时在乡间所看的，逊色多多了！

九时半回后恰遇周西卫兄来，随其到山西饭店，谈至十时四十分回。

## 二月二十五日（上元节） 星期四 晴

八时半赴山西饭店会周，旋即回。午后二时赴同顺巷土货商场营业部，交款。

晚六时化之来，略谈即走。遂往山西饭店会周，又同来此，选书籍杂志十余本，拟携回。

十一时开始给恩兄[①]写信，十二时一刻就寝。

本日为"上元节"正日，街头巷尾，万人钻动，颇有普天同庆景象。恰数日来正读百零五期《论语》"灯的专号"，对于灯之种类、故事及"上元节"考述之颇详，兹撮要录之：

（一）灯史——上元节亦名元宵节，一名灯夕，一名灯期，俗谚所谓"正月十五逛花灯，家家户户过新年"，又孟姜女山歌所云"正月里来是新春，家家户户点红灯"是也。来历约起于汉代之初。《御览》引《史记·乐书》说："汉家祀太乙，以昏时祀到明。今人正月

① 恩兄，即周恩来同志。——自注

望日，夜游观灯，是其遗事。”看来似为汉代的特殊礼制，不一定是娱乐。但到后来相沿成风，流传遂广。梁简文帝《看灯赋》上说：“何解冻之嘉月，植蓂荚之盛开。草含春而色动，寒飞采以偕来。南油俱满，两漆争然。苏徵安息，蜡出龙川。斜晕交映，倒影澄鲜。”便纯是一种娱乐了。赶到唐代出了几个风流天子，于是大大地铺张提倡，遂普及于民间，成为一年一度的佳节了。《七类修稿》中云：“元宵放灯，起唐开元间，谓天官好乐，地官好人，水官好灯，上元乃天官下降之日，故从十四至十六夜放灯。后增至五夜。”《广德神异录》中云：“唐明皇于正月望夜，上阳宫大陈影灯。”在苏味道的《望日夜诗》中云：“火树银花合，星桥铁锁开，暗尘随马去，明月逐人来。游骑皆秾李，行歌尽落梅，金吾不惜夜，玉漏莫相催。”直到了宋代，这种热闹，毫未少减。《宣和遗事》内载：“宣和四年，令都城自腊月朔放鳌山灯，至次年正月十五日夜，谓之预赏元宵。”正是变本加厉在下元中元也都张灯来了。《晁氏夜话》有个故事：“蔡君谟守福州，上元日，命民间一家点灯七盏。陈列作大灯长丈余，大书云‘富家一盏灯，太仓一粒粟，贫家一盏灯，父子相对哭，风流太守知不知？犹恨笙歌无妙曲！’”到元代，因各族风俗关系，对上元张灯故事，不甚提倡。到明太祖定天下，为粉饰太平计，劝追先代庆祝盛典。明唐寅的《元宵诗》云：“有灯无月不娱人，有月无灯不算春。春到人间人似玉，灯烧月下月如银。满街珠翠游邨女，沸地笙歌赛社神。不展芳尊开口笑，如何消得此良辰？”在《水浒传》第六十五回描写北京大名府的元宵观灯，叙来有声有色，如身临其境。有清二百余年对于灯节狂热仍旧。清代小说中可见一斑，如《红楼梦》第十八回、第五十三回，及《花月痕》第三十二回。不过将张灯十日改为五日，由十三起至十七止。十三叫“试灯”，十四至十六叫“正灯”，十七叫“残灯”，统称“灯节”。但普通张灯期仍以三夜为多。十四夜叫“试灯”，十五夜叫“正灯”，十六夜叫“罢灯”，又叫“阑灯”。

（二）灯市——因有上元张灯的风气，故工匠小商，莫不投巧赶制，争奇斗丽，十分热闹。

（三）灯品——有鳌山灯、苏灯、无骨灯、琉璃灯、万眼罗、走马灯、宫灯、黄河九曲灯、狮子灯、商灯、水灯，至清时更有米家灯、料丝灯、冰灯、雪灯、纱灯、玻璃灯、沙子灯、碰丝灯、壁灯、雪花灯、油纸灯、卵壳灯等种种种名目。

## 二月二十六日（正月十六） 星期五 风

晨六时半起床，续完给恩兄之信，交小舟带去。小舟搭十一时车回。继晤李洪兴，将起货手续办妥。李于午后动身。

晚六时赴“山西大戏院”观“山西梆子”，池子票价五角五，太贵。戏亦粗野，十分之九不懂，众人鼓掌称妙时，正自己瞠目不知所措候也！无趣得很！可是最后所演之“上元夺美”，描写上元节村姑观灯，被妖夺去，又被神仙夺回故事，颇热闹。剧中有旱船，推车，赵匡胤送金娘，狮子，龙灯，这都是幼时在家乡常见，而此次太原市上所未睹者也。夜十一时半回宿舍。

## 二月二十七日（正月十七） 星期六 晴 风

午后四时赴图书馆，借来樊仲云译的屠格涅夫之《烟》小说一本，并黄源著《屠格涅夫生平及其创作》一本。

晚赴中华戏院看“壮志凌云”一片。描写黄河流域的人民因天灾人祸无以谋生，同赴边地垦荒，十余年后遇匪扰乱，遂全体武装守土抗战，极为壮烈，可以说是近于成功的作品。

接金吾由济来信一封。他的日文学得不错了，而自己恰在忙的这几天丢下了！急起直追！又接秀生一信。

## 二月二十八日（正月十八） 星期日 晴 微风

十五时寄秀生信单挂号付邮。

读毕《屠格涅夫生平及其创作》，始知前读之《新时代》又名为《处女地》，疑为《贵族之家》者，非也。兹将屠氏著作大事年表抄之如下：

1818.12.18，生。

1822，四岁，随父母赴欧。

1833，十五岁，入莫斯科大学。

1834，十六岁，转至彼得堡大学，将处女作长诗《斯推尼渥》送其师批评曰“有天才者”。

1836，十八岁，卒业于彼得堡大学，得得业士之学位。

1843，二十五岁，叙事诗《巴拉喀》出版，并访白林斯基。

1848，三十岁，收集诸篇出版，题曰《猎人日记》。

1856，三十八岁，发表最初长篇小说《罗亭》及中篇《浮士德》。

1858，四十岁，发表第二长篇小说《贵族之家》。

1859，四十一岁，发表第三长篇小说《前夜》。

1862，四十四岁，发表第四长篇小说《父与子》。

1867，四十九岁，发表第五长篇小说《烟》。

1871，五十三岁，著长篇《春潮》及短篇《备忘录》。

1876，五十八岁，著最后长篇小说《处女地》，又名《荒地》（即《新时代》）。

1883，六十五岁，八月二十二日午后二时死，葬于彼得堡渥尔珂甫墓地，在他的至友白林斯基墓旁。

屠氏著作翻成中文者尚有：

春潮，薄命女，初恋，浮士德，草原的李亚王，林中之月，唔唔，尺素书，畸零人日记，十五封信，梨沙（即贵族之家），爱西亚，阿丝稚，九封信，胜利的恋歌。

屠氏终身未娶。享年六十五岁。

## 三月一日（正月十九） 星期一 晴

读《烟》五十页，尚未能引人入胜。

晚七时到新生剧院看话剧“大义灭亲”，说一人的儿子被汉奸利诱报告义勇军藏所，被其枪毙，剧情颇为偶然，技巧亦未成熟。又“逃不得”一剧，完全讽刺主张历史上中国民族同化力的能力而同化侵略者的某大学教授，演来颇有趣。

## 三月二日（正月二十） 星期二 晴

上午读日文二小时半，五十音的平假名与片假名，大致记熟了。倘若不耽误这个把星期，如今恐怕会练句了。唉，学如逆水行舟，不进则退！

午后二时赴图书馆，三时出水西门，郊游，四时半进旱西门，经觉民书报社购《东北知识》《中苏文化》《谈风》各一本。

阅报，知太原又新开书店二，一为“中外书店”，一为“社会书店”。今后将不会令“觉民”专美了。

## 三月三日（正月二十一） 星期三 晴

读日文二小时，记单字二十个。读《烟》百页，译文不佳，仍未能引起兴味。

五时赴沧园洗澡，并擦背，出门后大觉“无尘一身轻”了。继赴觉民报社买《中国呼声》、《宇宙风》（三十六期）、《申报周刊》（八期）各一本。

宿舍听差，自老卢走后，老王来，先后赶走原人老邓、老贾。这个老王，表面和善，背里阴险，安置了私人，便扬扬得意。掩护异己，位置私人，一朝天子一朝臣，在这些地方更加可以看得出。

## 三月四日（正月二十二） 星期四 晴

午前读日文二小时。

午后睡二小时。

何来住山西旅馆，晚陪同吃饭并赴沧园洗澡。

## 三月五日（正月二十三） 星期五 阴

晚赴山西旅馆检阅带来之书籍杂志，并携回多种，如《远东之危机》《改造》《被开恳的处女地》及《论语》《宇宙风》等。

午前九时半化之来，略谈即走。

## 三月六日（正月二十四） 星期六 半阴半晴

一天没出门，读完《世界知识》五卷十二号。

读完《烟》，这本书较之《父与子》及《新时代》均稍逊。但自李维诺夫失去了唐耶，又掉了伊林娜之后，在情节和译文方面，都茂盛了。所给予人的只“失望”，毫无进取的情绪而已。打算隔一个时期，再读屠氏的著作。

阅第九期《谈风》内之《谈清人笔记》一文，所标清人小品著作颇多，兹抄之，得暇一读。

清宗室礼亲王（昭梿）:《啸亭杂录》——述清兵入关迄于乾嘉，关如掌故，时人重行，最足珍奇者则为记萨赖尔之叛，金川之战，台湾之役，光显寺之战等。为研究清代外藩史实者不可少之材料。

王渔洋:《池北偶谈》《香祖笔记》。

戴菔塘:《藤荫杂记》。

梁章钜:《浪迹丛谈》《归田琐记》《南省公余录》。

阮吾山:《茶余客话》。

陈钧堂:《燕下乡脞录》《郎潜纪闻》。

俞曲园:《春在堂随笔》《茶香室丛钞》。

王端履：《重论文斋笔录》。

沈三白：《浮生六记》。

冒辟疆：《影梅庵忆语》《香畹楼忆语》。

舒白香：《游山日记》（《宇宙风》已重印出版）。

钮　琇：《觚剩》。

高澹人：《天禄识余》。

以上可见于中华书局之《清代笔记丛刊》，但定价太贵。外如文明书局之《说库》或进步书局之小本子笔记丛书，均可买到。

## 三月七日（正月二十五）　星期日　阴

读《怎样演说》一书六十页，内容颇充实。

午后二时偕何赴中华看“赤胆忠魂”。

晚七时又同赴米市，看放烟火，人多如潮，十分拥挤。烟火种类多，火树银花，极为壮丽。据太原风俗，阴历正月二十日为“小添食节”，二十五日为“大添食节”，每逢是日东西米市各粮店必大势庆祝，除放烟火外，并演戏三天。但不知添食节的究竟典故如何？待考。

## 三月八日（正月二十六）　星期一　半阴半晴

本日为国际妇女节，中山公园开纪念会，并游行。

读完《怎样演说》一书，内容活泼充实，对于有志学习演说的人，是很有帮助的。演说只要经得多，胆子壮了，然后再加技术的纠正，艺术的修养，是一件易于成功的事。

午睡梦中见已故的母亲，不禁大哭，醒后仍继续啜泣，泪湿枕头。唉，最爱我的母亲，永远不得相见了！

傍晚同何赴西肖墙、土货商场、开化市场、中山公园，八时回。

## 三月九日（正月二十七） 星期二 太阳仍未露面

读《通俗经济学讲话》六十页。午后开始读梭罗诃夫著、立波译之《被开垦的处女地》，内容充实活泼，易于引人入胜。

晚何来。晚餐毕，他去洗澡。

胡阅《论语》，兴味不浓，且又深感疲倦，故十时十分即睡。

## 三月十一日（正月二十九） 星期四 两日来均大风

读完《通俗经济学讲话》。

《被开垦的处女地》读至二百页，兴味颇浓。

## 三月十二日（正月三十） 星期五 大风

晚偕何赴柳巷，参观中外书店，旋赴觉民书店购买二十五期《逸经》一册。后到沧园理发馆理发。

## 三月十三日（二月初一） 星期六 更大的黄风

开始读《思想方法论》。

晚偕何往新化戏院，有平剧，有评剧，演来颇为热闹。

## 三月十四日（二月初二） 星期日 晴

本日十时开欢迎汪先生大会，遍街贴满了欢迎标语。同日又为“扩大反汉奸运动大会”，并在中山公园举行，到会者以学生为最多。会后游行，以化装演讲的大汽车最为惹人注目。

午后读完《被开垦的处女地》。

## 三月十八日（二月初六） 星期四 阴

午前十时，化之来云宋约可于十九、二十到并。

午睡一小时。

晚饭后偕何赴首义市场，低级游艺如说书、唱戏（如北平之天桥），应有尽有，人亦颇拥挤。剧演石秀杀嫂之“翠屏山”，同一出戏，居然有梆子，有二簧，唱不到一刻钟，便停止要钱了，而要钱却往往一点钟。毫无趣味，半途而出。

## 三月十九日（二月初七） 星期五 晴

读完《思想方法论》。

晚偕何赴觉民书店。

## 三月二十日（二月初八） 星期六 晴

晨六时尚未起床。绍林来相见，甚欢，并云同来者共九人。带来家书，捧读后不禁为之怡然。

午后访绍林，并接见其他来人，多半为旧相识，惟建华面貌依然，可是已有五个月的小儿在抱了！

晚，何送书箱来，拟明晚赴平。

## 三月二十一日（二月初九） 星期日 阴

何搭晚八时车赴平，一礼拜以内当可返并。

## 三月二十二日（二月初十） 星期一 阴 傍晚大风

十时落雨。

七时往访化之，渠病较有起色。

并赴并州饭店接洽达达巷房子事，明日再去细看。

晚九时半移来新居。夜十分寒冷，不亚严冬。

## 四月四日（二月二十三） 星期日

两星期以来，以购买家具，各种布置，忙个不了。以致：

（A）生活无秩序，早晨尤其少于外吸新空气。

（B）读书更少，致感莫名的烦躁。

（C）不能按日记日记。

（D）总觉有什么不适似的。

春来了，日暖风和，在各方面便都振作起来吧！

## 四月五日（二月二十四） 星期一 清明

本日为清明节，天气清和。恰恰中华电影院演的是应节片子“清明时节”。晚偕建华、金辉、朝先及房东家之世荣小姑娘去看电影。情节平庸，内容不坏而已，至于题名之曰清明时节，颇有几分牵强。

## 四月六日（二月二十五） 星期二 晴

七时半化之来，继绍林亦来，十二时半均别去。晚与企远谈补习英文事，一时勃然。

## 四月九日（二月二十八） 星期五 晴

上午十一时偕企远、建华出西门外，到桃园看桃花，大部桃花尚未含苞。遂进旱西门经按司街回来。

## 四月十一日（三月初一） 星期日 晴

晨起于细雨濛濛中经东街崇化寺门口回。空气颇为新鲜。

十一时绍林来，谈至一时同出新南门外游逛，柳绿花红，游人如云。菜园内一个老头子，年纪六十九了，而健壮工作如壮年，令人羡慕不止。加紧锻炼体魄，成为铁人吧！

晚六时偕企远赴钟楼街买唱片五张。

## 四月十七日（三月初七） 星期六 晴

钱致平、何子中搭四时半车返里（返延安）。

## 四月二十七日

沪汇来伍千元，除留壹百元外余存：中国银行四仟九百元（法币，利息二厘）。

## 五月十四日

李洪兴留洋法、省币各伍仟元，存入：山西省银行伍仟元（省币，利息七厘，定期三月），交通银行伍仟元（法币，利息四厘，活期）。

## 五月二十日

将前存中国银行之款提出四仟八百元转存交通银行四仟八百元（法币，利息四厘）。

以后即赴北平，转天津、济南。

## 五月二十六日

由交通银行取出四百元（赴平购物）。

晚七时五十分由太原开车赴平。

## 五月二十七日

早七时五十分到石家庄。

## 五月二十八日

早八时到达北平前门站，即住利通饭店。

## 六月五日

赴津，住国梁家。

## 六月七日

早十一时由津开车赴济，晚八时四十分抵济南，寓财政厅。

## 六月九日

游大明湖及各名泉。

## 六月十一日

七时由济坐长途汽车赴聊城。

## 六月十三日

七时半由聊坐汽车赴禹城。十一时五十分开车北上，晚八时抵津。子英来接，即中途下车住北辰饭店，与子英作彻夜谈。

## 六月十四日

六时五十分由津坐特别快，十时到平。

## 六月十六日

晚十时由平搭车回并。送行者蓬如、武林、岫岚、莲瑞、恒春。

## 六月十七日

晚七时三十八分到并。

## 六月三十日　星期三　晴

写《平津济之行》约五千字，未完。

午后到图书馆读《晚明党争与史可法》。适化之来，未遇。

晚饭后到大观园洗澡。并购《青年界》、《谈风》、《申周》各一册。十时赴小智处。

以上是一九三六年十一月至一九三七年奉中央命与阎锡山进行统战工作旅居太原时之日记。时甚清闲，为自入党以来之最清闲阶段，故读书颇多，且亦能记日记。及今读之，趣味颇浓。是种情时，他日将不可多得也！

1942 年 1 月 22 日